KB262395

곰룡 판타지 장편 소설
FANTASY FRONTIER SPIRIT

Lord of Groksus

그락서스의 군주

그락서스의 군주 1

곰룡 판타지 장편 소설

초판 1쇄 찍은 날 § 2013년 11월 5일
초판 1쇄 펴낸 날 § 2013년 11월 12일

지은이 § 곰룡
펴낸이 § 서경석

편집부장 § 권태완
편집책임 § 박가연
디자인 § 이거일

펴낸곳 § 도서출판 청어람
등록번호 § 제1081-1-89호
등록일자 § 1999. 5. 31
어람번호 § 제1-1704호

주소 § 경기도 부천시 원미구 심곡2동 163-2 서경B/D 3F (우) 420-822
전화 § 032-656-4452 팩스 § 032-656-4453
http://www.chungeoram.com
E-mail § chungeorambook@daum.net

ⓒ 곰룡, 2013

ISBN 978-89-251-3550-2 04810
ISBN 978-89-251-3549-6 (세트)

※ 파본은 구입하신 서점에서 교환하여 드립니다.
※ 저자와 협의하여 인지를 붙이지 않습니다.
※ 이 책은 도서출판 청어람과 저작자의 계약에 의해 출판된 것이므로,
   무단 전재 및 유포 · 공유를 금합니다.

Lord of Groksus

그락서스의 군주

1

금룡 판타지 장편 소설

FANTASY FRONTIER SPIRIT

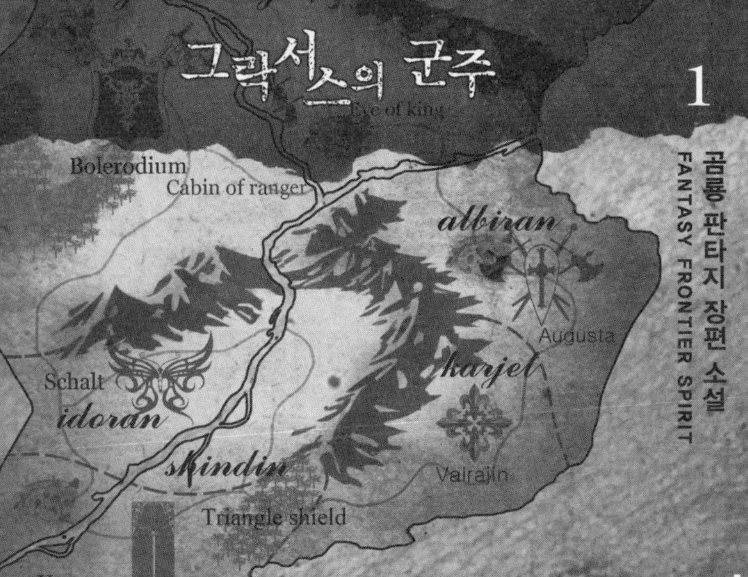

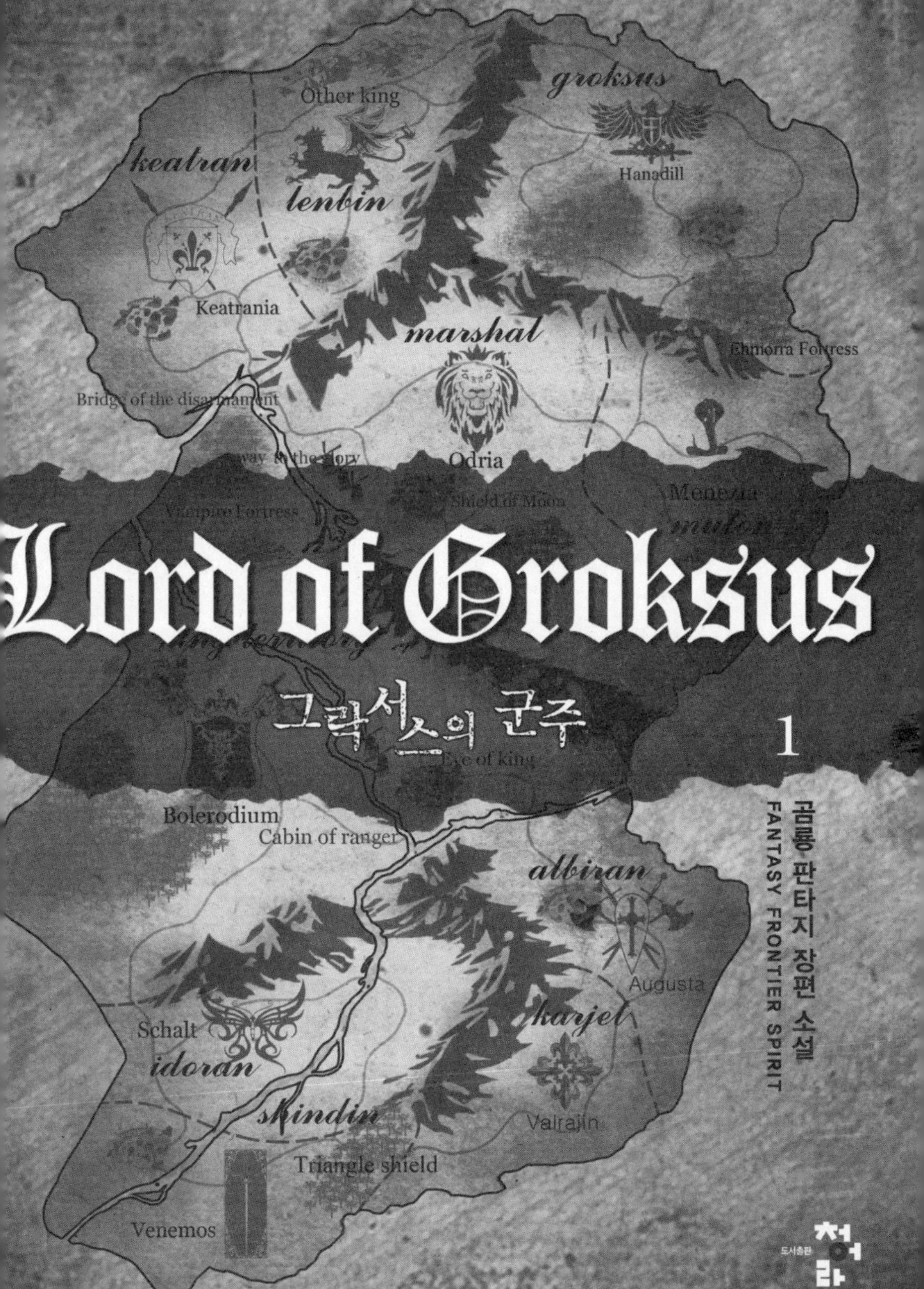

도서출판 청어람

Contents

CHAPTER

0

모략은 반드시 성공할 수 있는지의 여부를 미리 생각한 후에 행하라.

—국어(國語)

거대한 옥좌.

단 한 올의 새치도 존재하지 않는 검은 머리의 노인이 오만하게 앉아 있었다.

그의 얼굴은 노인답지 않게 붉었으며, 검버섯 같은 것은 단 하나도 없는 깨끗한 피부를 자랑했다.

모든 것을 꿰뚫어 볼 수 있을 것 같은 안광을 가진 이 노인의 외형적 모습을 정의하자면 딱 한 단어로 가능했다.

'지배자.'

그는 지배자다.

그는 모든 것을 발밑에 내려두고 있는 지배자였다.

그 어떠한 것도 노인의 위에 설 수가 없었다.

노인이 어떠한 모습을 하고 있어도 노인에게는 전혀 흠이 되지 않았다.

오만하든 나태하든 노인이 그렇다면 그건 당연한 것이다. 그는 이 세상의 지배자이니까.

노인은 자신의 머리칼과 똑같은 색의 수염을 쓰다듬으며 옥좌 아래를 내려 보았다.

수십 명.

모두 그와 눈이 마주칠까 두려워 두 눈을 바닥에 처박은 이들.

바로 노인의 신하들이었다.

'지겹구나.'

문득 든 감정이다.

눈을 지그시 감으며 노인은 생각했다.

이 지루함을 달래고 싶었다.

노인의 머릿속에 이 지루함을 달랠 수많은 방법이 떠올랐다.

여기 있는 신하들의 목을 모조리 베어버릴까?

그것도 모자라 그들의 가족까지 전부?

아냐, 처음은 지루하지 않을지 몰라도 결국 다시 지루함이 찾아올 것이다.

그럼 이건 어때?

그것 역시 마찬가지, 재미가 없다.

그럼 이것은 어때?

그건 괜찮을 것 같군.

마침내 결정을 내린 노인은 그대로 실행했다.

그는 절대자.

그의 앞을 가로막을 수 있는 이는 세상에 존재치 않았다.

슈우우.

그의 머릿속에서 푸른 덩어리가 빠져나왔다.

그것은 오직 노인만이 볼 수 있는 것이기에 아무도 눈치채지 못했다.

아니, 눈에 보인다고 해도 다른 이들이 눈치는 챌 수 있었을까?

그들이 바라볼 수 있는 것은 오직 바닥뿐이기에, 그 외의 것은 허락되지 않았기에. 그들은 바닥에 머리를 처박고 있을 뿐이라 눈치챌 수 없었을 것이다.

푸른 덩어리는 천장을 뚫고 하늘 위로 쏘아졌다.

덩어리가 빠져나간 대전 안은 고요만이 자리하고 있었다.

번쩍!

CHAPTER

1

인간은 운명에 몸을 맡겨갈 수는 있지만 이에 항거할 수는 없다.

또한 인간은 운명이라는 실을 짤 수는 있지만 이것을 찢어 끊을 수는 없다.

—니콜로 마키아벨리(Niccolo Machiavelli)

머리가 깨질 듯이 아파왔다. 무엇인가가 내 영혼을 덮쳐 버린 것 같은 아픔.

망치와 정으로 내 머리를 부수는 듯한 아픔이 내면을 지배했다.

몸이 흔들거리니 더욱 괴로웠다. 도저히 다른 생각을 할 수 없을 정도로 아파왔다.

나는 머리를 손으로 감쌌다.

그때, 귀로 어떤 목소리가 들려왔다.

굵고 낮은, 다급함이 섞인 낯설지 않은 목소리.

"백작 각하! 정신이 드십니까!"

조심스레 눈을 뜨려 노력했다. 끈적이는 무엇인가가 방해했지만 결국 눈을 뜰 수 있었다.

"백작 각하!"

흐릿하게 들어오는 무언가. 그것이 사람이라는 것을 알아채기까지는 어느 정도 시간이 걸렸다.

갈색빛 머리칼과 콧수염에 부리부리한 눈을 가진 중년인. 이마엔 주름이 몇 가닥 파여 있으며 콧대는 높았다. 군데군데 붉은 액체로 젖어 내려다보는 사내를 나는 분명 알고 있었다.

"발론 자작……."

"예! 맞습니다, 백작 각하! 저 발론입니다!"

발론 자작.

영지의 충성스러운 검은 매 기사단장. 그라는 것을 자각하는 순간, 흐릿했던 주변의 풍경이 똑똑히 보이기 시작했다. 그리고 자신이 말의 옆구리에 묶여 있다는 사실도.

욱신!

"으아아아아!!"

영혼이 후벼파지는 것 같은 고통, 생전 경험해 보지 못한 고통이다.

찰나의 순간에 영겁과 같은 시간. 도저히 버틸 수 없는 고통이다.

그렇지만 그것은 맛보기에 불과했다. 막아놓았던 제방이 터지듯 한층 더 강렬한 공포가, 고통이, 내 몸을, 영혼을 덮쳤다.

"백작 각하! 그락서스 백작 각하! 왜 그러십니까!"

발론 자작의 말이 들려왔지만 나는 신경조차 쓸 수 없었다.

바로 고통과 함께 밀려드는 무언가. 이것들은 고통만큼이나 나의 뇌에 확실히 각인이 되었다. 그러거나 말거나 나는 오직 비명만을 지를 수 있을 뿐이다.

＊　　　＊　　　＊

진자겸은 비명을 질렀다.

무(武)가 경지에 달한 어느 순간부터 고통을 겪어보지 못한 진자겸이었다.

이런 끔찍한 고통은 정말 오랜만, 아니, 과거에 느꼈던 그 어떤 고통보다 괴로웠다.

왜 자신이 이런 고통을 느껴야 하는지 모르기에 진자겸은 더욱 괴로웠다. 그저 정신이 드니 엄청난 고통이 밀려올 뿐.

"백작 각하! 그락서스 백작 각하, 괜찮으십니까!"

그의 귀로 발론 자작의 목소리가 들려왔다. 그런데 발론 자작? 내가 이 인물을 어떻게 아는 거지? 진자겸은 쏟아지는 고통 속에서도 의문을 가졌다.

'그락서스……?'

무엇인가를 자각한 진자겸.

아니, 나는 진자겸인가? 그락서스의 백작이 아닌가?

그는 분명 진자겸.

천하제일세(天下第一世)라고도 불리는 신마성(神魔城)을 이끄는 성주(城主)이자 천하삼제(天下三帝) 중 마제(魔帝)라고도 불리는 진자겸이었다.

욱신!

이번은 육체적인 고통이 아닌 내면의 고통이었다. 지독한 고통이 내면의 벽을 뚫고 쏟아졌다.

그것은 기억이자 자아.

진자겸.

그락서스 백작.

중원.

발라티아 대륙.

신마성.

혼란이 내면을 지배했다.

나는 진자겸인가?

진짜 진자겸이라 확신하는가?

나는 그락서스의 백작인가?

진짜 그락서스의 백작이라 확신하는가?

진자겸이 그락서스를 먹어치우려 달려들었다.

그락서스 역시 진자겸을 먹어치우려고 달려들었다.

서로를 뜯고 또 뜯었다.

영혼의 고통이 느껴졌다.

영혼의 울부짖음이 느껴졌다.

그러던 어느 순간, 둘 모두 한 줌의 물이 되어 녹아내렸다.

이 순간, 진자겸 또는 나는 내면에 빠져들었다. 귓가에 울리던 발론 자작 등의 목소리는 어느새 들리지 않았다.

조금 전에 녹아내린 물들이 끝없이 흘렀다.

그것은 기억.

거대한 폭포처럼 쏟아지는 기억들. 기억들은 호수가 되어 내면을 채웠다.

그 속에서 그 또는 나는 조각배를 탄 작은 존재에 지나지 않았다.

그 또는 나는 호수의 물결을 바라보았다.

진자겸의 기억들, 그락서스의 기억들이 비추어졌다.

그 기억들은 따로 분리되어 있지 않았다. 똑같은 하나의 물이며 호수이다. 조각배로 인한 물결에도 두 기억은 분리되지 않았다.

그것을 보며 그는 깨달았다.

"나로구나."

그락서스 백작으로서의 나도 나이고, 진자겸으로서의 나도 나이다.

이 순간 서로를 물어뜯던 진자겸과 그락서스가 하나가 되었다.

호수가 검게 물들었다. 아니, 세상이 검게 물들었다. 그는 눈을 감았다. 어느새 고통은 사라져 있었다. 검게 물든 세상이 유리처럼 금이 갔다. 그리고 마침내, 깨져 버렸다.

그와 함께 그는 두 눈을 떴다.

＊　＊　＊

눈을 뜨니 화려한 천장이 보였다.

몹시도 익숙한 이 천장.

후유증 탓에 느끼는 괴리감을 곱씹으며 아이란은 상체를 일으켰다.

"내 방이군."

주변을 둘러보니 기억 속의 내 방과 일치한다.

그락서스 백작가의 가주의 침실인 것을 확인한 아이란은 마음을 조금 놓았다. 그는 숨을 몸 곳곳으로 퍼뜨리듯 호흡했다. 몸의 상태를 확인하려는 것이다.

확인한 몸의 상태는 나쁘지 않았다.

끼익.

문이 열리고 누군가가 침실 안으로 들어왔다.

검은 정복을 입고 희끗한 머리를 뒤로 넘긴 노년의 사내가 프릴 장식이 달린 여자 둘을 이끌고 왔다.

아마 이름이 칼이었던 걸로 기억한다.

집사다운 이름이군. 아이란은 피식 웃었다.

"백, 백작 각하!"

집사다운 이름의 집사, 칼이 소리쳤다. 뒤에서 있던 하녀 복장의 여인, 제시가 들고 있던 쟁반을 떨어뜨렸다.

땡그랑!

그러나 그것을 지적하는 사람은 아무도 없었다. 아니, 떨어뜨린 것을 자각하는 이가 없다는 것이 옳은 말이리라.

집사나 메이드들은 아이란이 깨어난 것에 너무 놀라 있었으니까.

그때 정신을 차린 칼이 얼른 다가왔다.

"백작 각하! 깨어나셨습니까! 몸은?!"

칼은 아이란이 깨어난 것에 고무되어 자연 목소리가 높아져 있었다. 그렇기에 아이란이 얼굴을 살짝 찡그린 것은 말할 것도 없었고.

"아, 죄송합니다! 아참! 너희는 얼른 성의 사람들에게 백작 각하께서 깨어나셨다고 알려라! 어서!"

"옛!"

제시와 그 동료 루시가 방 밖으로 뛰쳐나갔다. 평상시라면 징계감이지만… 칼은 아이란을 살피는 것에 여념이 없었다.

"칼."

“예, 백작 각하.”

“내가 얼마 만에 깨어났지?”

집사의 반응을 볼 때 꽤 오랫동안 잠들었던 것 같다.

“한 달입니다.”

한 달이라.

몸을 뒤바꾸는 것에 모든 기력을 쏟아부었다. 그 대가로 날려 버린 한 달. 등가교환이라는 법칙으로 보면 나쁘지 않는 결과이다. 그렇지만 그를 둘러싼 상황에선 크나큰 희생이다.

“토벌은?”

“백작 각하께서 돌아오시고 발론 자작님의 요청으로 영지 회가 소집되었습니다. 루디아 대부인과 주요 가신들의 회의 결과, 대부인께서 백작 각하를 대리해 토벌령을 선언, 발론 자작님께서 기사단과 병사들을 이끌고 토벌하여 큰 전과를 이루었습니다.”

다행이었다.

아이란은 한숨을 내쉬었다.

잠시 후, 성의 주요 인물들이 달려왔고 아이란은 반갑게 그들을 맞았다.

그들은 하나같이 아이란이 무사한지부터 물어왔다.

“본인은 무사하네. 모두들 걱정해 주어서 고맙군.”

“다행입니다, 백작 각하.”

“그렇습니다, 정말 하늘의 도우심입니다.”

그들과의 해후는 짧게 끝이 났다.

피곤함을 이유로 아이란이 그들을 물린 것이다. 그들은 막 깨어난 이를 피곤하게 했다며 사죄한 후 물러갔다.

단 한 사람을 제외하고.

"발론 자작은 남아주게."

"…예."

둘만이 남자 침묵만이 도진다.

"아낙 산맥의 토벌은……."

발론 자작이 힘겹게, 말문을 텄다.

아낙 산맥.

그락서스 영지 북쪽에 위치한 거대한 산맥으로 꽤나 많은 수의 괴물이라 불리는 야만 집단이 서식하는 곳이다.

아이란은 그 괴물을 토벌하기 위해 가문의 기사단을 이끌고 아낙 산맥에 진입했었다.

머릿속에서 낯설고도 친숙한 기억이 떠올랐다. 낯선 이유는 두 개의 기억이 하나로 합쳐진 탓에 아직 후유증이 있는 탓이다.

그와 함께 연계된 다른 기억들 역시 떠올랐다. 그러나 그 기억은 완전치 못했다.

전투 중 낙마한 후로는 기억이 전혀 없다.

"병사들은……."

아이란이 말을 잇지 못했다. 발론 자작의 참담하게 일그러

진 얼굴을 본 탓이었다. 그 얼굴은 굳이 듣지 않아도 결과를
말해주었다.

"…전멸했습니다."

발론 자작이 그 후의 일을 설명했다. 중간 중간에 목이 메
었는지 말을 멈추었지만 결국 그는 끝까지 설명해 냈다.

그의 말을 요약하자면 이랬다.

원래 아이란과 기사단은 아낙 산맥 초입에 사는 소규모 야
만족들을 토벌하기 위해 나섰다.

병사들은 이끌지 않았다. 이번에 기사단으로 진급한 신입
들의 훈련을 겸한 토벌이었다.

날래고 용맹한 전투마를 탄 기사 삼십이면 신입이라지만
일백 전후의 야만 부족쯤은 순식간에 처리할 수 있는 전력.
예상대로 아이란과 발론 자작이 이끈 기사단은 야만족들을
순식간에 처리했다.

순조롭게 토벌하던 중, 한 야만족이 던진 도끼가 아이란의
투구에 명중했고 아이란은 낙마하며 기절하고 말았다.

절체절명의 상황.

그러나 그때, 상황이 반전되었다. 갑작스레 야만족들이 공
포에 질린 채 도망친 것이다.

기사들에게 뒤로 돌아 무방비 상태로 도망치는 야만족들
은 허수아비와 같은 먹잇감이었다.

기사들은 마지막 힘을 내 야만족들을 처리했고, 그들은 모

든 야만족을 처리했을 때 야만족들이 왜 도망을 쳤는지 알 수 있었다.

자이언트(Giant).

지능이 미천한, 인간과 닮은 생명체.

3파수스(Passus:4.5m)가 넘는 거대한 키의, 인류의 아종(亞種)이라 해야 할지 변종(變種)이라 해야 할지 모를 존재들이 기사들을 향해 질주하고 있었다.

게다가 그 거인은 보통 거인이 아니었다.

등과 양팔 등에 흉측한 푸른 갈기와 어금니를 가지고 있는 푸른 갈기 거인.

거인 중에서도 최상위에 자리한 포식자였다.

산맥 깊숙한 곳에서 서식하는 것들이 왜 이 초입에까지 내려온 것일까.

보통 숙련된 기사 다섯이면 거인 한 마리를 상대할 수 있었다. 그러나 그것은 보통의 거인을 무장이 잘 갖춰진 상태에서 상대할 경우의 이야기.

푸른 갈기 거인은 기사 다섯에 병사가 이십은 있어야 상대할 수 있는 괴물.

거인의 왕이라 불리는 6파수스(9m) 그레이트 자이언트(Great giant)조차 긴장한다는 괴물이었다.

아낙 산맥 깊숙이 서식하는 푸른 갈기 거인이, 그것도 다섯 마리나 왜 이 초입까지 나왔는지는 아무도 몰랐다.

그들이 정신을 차렸을 땐, 어느새 푸른 갈기 거인이 가까이 다가와 있었다.

기사단장으로서 발론은 후퇴를 명했다. 그 자신은 아이란을 챙겨 후퇴했다.

거인들이 야만족들의 시체에 관심을 가지길 바라며 후퇴했건만, 거인들은 죽은 야만족보다 산 인간에 관심을 가졌다.

말들을 재촉해 달렸지만 푸른 갈기 거인의 속도는 빨랐다.

콰직!

제일 후미에서 후퇴하던 기사가 거인이 던진 야만족의 시체에 피떡이 되어 낙마했다.

낙마한 기사는 다가온 거인에게 잡혀 찢기거나 허공을 날아 동료를 격추하는 인간 탄환이 되었다.

이런 식으로 기사들이 허무하게 당하자 발론 자작은 결국 다른 기사들에게 남아서 거인들을 견제하라 명을 내렸다.

말이 견제지 실제로는 희생양, 먹이의 역할이었다. 그러나 신입일지언정 기사에겐 철저한 상명하복이 원칙. 그들은 군말 없이 말을 돌려 거인들에게 돌격했다.

그 덕분에 아이란과 발론 자작은 살 수 있었다.

"죽여… 주시옵소서!"

발론 자작이 울부짖으며 바닥에 머리를 찧었다.

쿵! 쿵!

"그만."

쿵! 쿵!

아이란의 말이 들리지 않는 것인지, 자작은 계속 머리를 찧
었다.

"그만!"

발론 자작이 멈추었다. 그의 찢겨진 이마에서 피가 흘렀
다.

중년의 사내가 이마가 찢겨져 피를 흘리면서 눈에선 눈물
을 흘리는 광경은 보기 좋지 않았다. 그러나 아이란은 아무런
말을 할 수 없었다.

아마 자신이 아니었더라면 발론 자작은 부하들을 남겨두
고 도망치지 않았을 것이다. 오히려 무모한 것을 알면서도 앞
장서 돌진했겠지.

"조용히 생각할 시간을 갖고 싶네. 아무도 들어오지 못하
게 하도록."

"…알겠습니다."

깊게 읍을 하고 발론 자작이 몸을 돌렸다. 그가 나가려 문
고리에 손을 얹었을 때, 아이란이 말했다.

"자네 혼자만의 잘못이 아니네."

순간 멈칫한 발론 자작. 그는 고개를 숙이며 침실을 나섰
다.

그가 나가자 아이란은 한숨을 쉬었다.

"하! 이게 대체 무슨 상황인가……."

진자겸의 기억 속에서 그는 신(神)이었다.

또한 거대한 세력을 이끄는 지배자였다.

아이란 또한 그락서스 백작령이라는 거대한 영지를 경영하는 지배자였다. 그러나 현실은 토벌에서 부상당해 침대에 누워 있는 신세.

대체 왜 이렇게 된 것일까?

무엇이 부족한 것일까?

생각을 해보자.

"생각을 해볼 필요도 없군."

그렇다. 생각을 해보자 했지만 생각을 할 필요가 없다.

아이란은 이미 본능적으로 알고 있다.

"힘!"

그것은 본능!

힘이라는 것은 본능이다.

어떤 상황이든 힘은 중요하다.

없는 것보단 있는 것이 낫다.

이것은 만고의 진리였다.

그것이 힘이라는 것이면 더욱더.

힘이 있으면 할 수 없는 것도 할 수 있게 된다.

당장 지금 상황만 해도 아이란이 힘이 있었다면, 그렇기에 야만족에게 기절하지 않고 거인을 격퇴할 힘이 있었더라면. 그랬다면 이런 상황까지 오지도 않았다. 지금쯤 영지에서 개선 행사를 하고 있었을지 모른다.

물론 아이란이 약한 것은 아니다.

아이란의 나이는 올해 스물, 중원으로 치면 이제 약관이다.

그 나이에 어느 정도 경지를 이룬 4랭크의 벨라토르(Velrator: 무인)였다.

4랭크란 성취는 결코 낮은 것이 아니다.

이곳에선 오로라(Aurora:기(氣)의 밀도가 높아 하늘에 빛의 장막이 쳐지는 현상이자 기 그 자체)라고 불리는 힘을 제대로 사용할 수 있는 단계가 바로 4랭크.

포스 탱크(Force tank:힘의 저장고)에 저장된 오로라를 끌어올려 포스 베슬(Force vessel:힘의 통로)로 흘려보내 육체를 강화시키는 이 경지는 기사라 불릴 수 있는 경지였다.

그 나이에 4랭크의 성취는 상당한 재능이 있음을 증명했다. 그러나 그 4랭크의 성취도 지금 상황에서는 별다른 도움이 되지 않았다.

지금 그에게 필요한 것은 진자겸이 가졌던 힘.

무공(武功)이다.

아이란은 머릿속에서 지금 상황에 적당한 무공을 생각했다.

단시간에 어느 정도 이상의 힘을 얻을 수 있는 무공.

낙마로 인해 뼈가 부러지고 금이 간 데다 근육의 손상 역시 이루 말할 것이 없었다. 이런 자신의 몸을 회복시킬 수 있는 무공.

아이란은 이러한 조건을 충족시키는 적당한 무공을 하나 생각해 냈다.

불사성체(不死聖體).

이쪽의 언어로 한다면 임모탈 디바인 바디(Immortal divine body)정도 될까.

대성을 하면 심장이나 뇌가 파괴되어도 혼백만 살아 있다면 몸을 회복시킬 수 있는, 그야말로 불사자가 될 수 있는 무공이었다.

게다가 효능은 그것뿐만이 아니었다.

불사성체는 몸을 딱딱하게 하는 외공의 역할도 해 갓 진입한 일성만 하더라도 무딘 칼 정도는 막을 수 있게 해준다.

또한 불사성체 자체로 신공이라고 할 수 있는 내공심법이면서 그 어떤 내공과도 충돌하지 않는 장점 역시 존재했다.

효과는 가지고 효과대로 가지고 내공은 다른 것으로 쌓는 것 역시 가능했다.

아이란은 불사성체의 구결을 떠올렸다.

—죽고 싶지 않다. 살고 싶다. 살고 싶고 또 살고 싶다.

불사성체의 시작은 죽고 싶지 않은 결심, 의지였다. 그것은 불사성체의 창시자 불사마존(不死魔尊)이 전쟁에 휘말려 죽어갈 때 창시했기 때문이었다.

　—죽고 싶지 않다. 고동쳐라 심장이여. 멈추지 마라. 더욱 거세게 날뛰어라. 피를 쏟아내라. 이 몸을 가득 채울 정도로 피를 쏟아내라.

　아이란이 호흡했다. 배꼽에 위치한 포스 탱크에서 끌어올려진 오로라가 심장으로 올라갔다.
　"큭!"
　연약한 심장에 갑작스레 거친 기운이 담기자 고통이 찾아왔다. 그러나 아이란은 멈추지 않았다.

　—피에 힘을 녹여내라. 녹여낸 힘으로 몸을 적셔라. 철혈의 의지로 육신을 담금질하라. 육신은 혼백의 그릇, 완전한 육신은 불사의 길이다.

　심장으로 올라간 오로라는 펌프질하는 심장을 통해 불사진기(不死眞氣)가 되어 피에 녹아 전신으로 흘러갔다.
　이 피는 흘러가면서 아이란의 육체를 바꾸어갔다.
　포스 탱크에서 끌어온 기운이 부족하면 호흡을 통해 대기의 기를 끌어들였다.
　세포 하나하나에 녹아들어 온몸의 신경들을 굵게 확장시

키고 늘렸다.

그것이 끝이 아니다. 불사진기는 그것들로는 모자랐는지 신경다발을 무수히 생성해 뇌와 각 장기를 꽁꽁 감쌌으며 각 장기들을 연결하는 새로운 신경 통로를 생성시켰다.

심장이 박동이 빨라질수록 피는 더욱 빨리 돌았고, 그럴수록 몸은 눈에 띄게 회복되어 갔다.

제아무리 불사성체가 신공절학이라고 할지라도 입문만으로는 이러한 성과를 낼 수 없다. 그러나 과거 불사성체를 대성한 신마성의 성주, 천하삼제 중 마제 진자겸으로서의 영혼을 각성한 지금, 그 강대한 영혼의 힘이 불가능을 가능으로 만들었다.

─철혈의 담금질이 완성되고 육신이 완전해질 때, 혼백의 그릇은 불멸하리라. 그것이 바로 불멸의 단계일지니.

아이란은 순식간에 불사성체의 극성에 올랐다.

대성을 이루었던 과거에 비해 단 한 단계를 남겨두었을 뿐.

물론 경지만 그러할 뿐, 실질적인 힘은 과거에 비해 턱없이 낮았다.

아이란은 그저 그릇을 만든 것에 지나지 않았다. 그릇이 아무리 좋아봤자 채워야 쓸 수 있는 법.

아이란은 이제 그릇을 채우기 위해 노력해야 할 것이다.

불사성체를 익히느라 모든 힘을 쏟아낸 아이란은 쏟아지는 졸음에 쓰러졌다.

CHAPTER
2

당신의 적이 실수하고 있을 때 절대 방해하지 말라.

Never interrupt your enemy when he is making a mistake.

—나폴레옹 보나파르트(Napoleon Bonaparte)

다음 날.

아이란이 깨어났다는 소식에 성의 가신들이 몰려왔다.

그들은 어제의 몫까지 다 하려는 듯 열성적인 아침 문안을 벌였지만 아이란은 피곤하다며 가신들을 물렸다.

아이란이 조용히 자신에 대해 생각하려 할 때, 문을 열고 두 인물이 들어왔다.

치렁치렁하고 화려한 드레스를 입은, 아이란과 크게 나이가 차이 나 보이지 않는 연상의 여인과 그녀를 꼭 닮은 소년이 그 주인공이다.

그들을 보자 아이란의 눈이 절로 싸늘해졌다.

찌푸려진 눈매를 가다듬고 아이란은 그들을 맞았다.

"깨어나셨군요. 어제 깨어나셨다는 소식을 들었지만 피곤하신 것 같아 오늘 왔답니다. 이 어미가 잘못한 것은 아니겠지요?"

싱긋.

여인이 화사한 미소를 지었다. 그 옆에 선 소년은 아이란을 무표정하게 바라보고 있었다.

"오셨습니까, 대부인."

"어머, 딱딱하게 무슨 말이십니까? 어머니라고 하세요."

"예."

아이란도 알고 그녀도 알고 있다.

다음번에도 아이란의 호칭은 '대부인' 일 것을. 그것이 언제까지나 바뀌지 않을 사실이란 것을 둘은 잘 알고 있었다.

그러나 그녀는 다음에도 이와 같이 말할 것이다.

"몸은 괜찮습니까?"

"예. 걱정해 주신 덕분에 무척 좋습니다."

참으로 다행이라는 듯, 그녀는 기뻐했다.

그러나 아이란은 그녀의 얼굴을 올려다보며 느낄 수 있었다.

눈이 함께 웃지 않는 웃음의 이질감을.

시린 감정이 담긴 두 눈의 공허함을.

"호호! 신관들은 백작의 몸이 아무런 이상 없이 멀쩡하다던데 깨어나지 않아 걱정했습니다."

여인은 다가와 아이란의 몸을 토닥였다.

사근사근한 손놀림. 그렇지만 따뜻해야 할 손이 아이란에
겐 차게만 느껴졌다.

그녀의 이름은 루디아.

루디아 그락서스로 전대 가주, 아이란 아버지의 두 번째 부
인이었다.

나이는 아이란보다 열셋 많은 서른셋.

아이란에게 있어 나이 많은 누이 정도의 나이였지만 어쨌
든 그녀는 '어머니' 이다.

그 옆에 있는 소년은 아이란의 배다른 동생 크란 그락서스.

올해 열다섯의 나이로 아이란과는 그리 좋지 않은 사이였
다.

첫 번째 부인이었던 아이란의 어머니가 죽자 야로스 자작
을 비롯한 가신들은 영지의 안주인 자리를 비워둘 수 없다며
전대 가주를 괴롭혔다.

결국 봉신인 야로스 자작의 영애를 부인으로 받아들였다.

그리고 그 영애 루디아는 이듬해 아들인 크란을 낳았고, 야
심 많은 늙은이인 야로스 자작이 그 기회를 놓칠 리가 없었
다.

그는 수단과 방법을 가리지 않고 자신의 손자 크란을 그락
서스의 백작으로 만들기 위해 노력했다. 그렇지만 결국 크란

이 태어나기 전부터 소영주였던 아이란을 뛰어넘을 수는 없었다.

그 벽을 뛰어넘기 위해선 재능과 성과를 보여야 한다.

그러나 크란에겐 그것이 없었다.

그는 장남이 아닌 차남이었다.

그것만이라면 어떻게 극복할 수 있을지 모른다. 그렇지만 북부의 영주. 이 특수성이 문제였다. 북부의 영주로는 전통적으로 강자가 선호된다. 그렇기에 선호되는 것이 바로 무력에 대한 재능.

하지만 크란은 바로 그 무력에 대한 재능이 아이란보다 떨어졌다. 장남과 차남의 차이를 치워두고서도 이것은 큰 문제였다.

결국 장자라는 명분도, 검술이라는 재능도 뛰어난 아이란이 백작 위에 올라서는 것은 당연했다.

그 때문인지 야로스 자작은 영지에서는 자중하는 것 같지만 뒤로 힘을 모으고 있었다.

어둠 속에서 또 어떤 음모를 꾸밀지 알 수 없는 인물이었다.

그런 인물의 딸인 루디아 역시 위험한 인물임이 틀림없었다.

루디아는 탁자로 다가갔다. 그녀의 시선이 탁자 위에 올려진 검에 잠깐 머물렀다. 그러나 곧 그녀는 가지고 온 화려한 꽃다발을 탁자 위 꽃병에 꽂아두었다.

"문병 선물입니다. 아름다운 꽃이지요? 호호! 이젠 완치 선물이라고 불러야 할까요?"

루디아가 싱긋 웃자 방 안이 화사하게 밝아지는 것 같았다. 그만큼 루디아는 미인이었다.

"뭐하고 있니, 크란. '형'에게 인사하지 않고."

크란의 머리를 쓰다듬으며 말하는 루디아.

크란은 무표정을 고수한 채 아이란에게 고개를 숙였다.

"몸은 좀 괜찮으십니까?"

"그래."

"백작 각하께선 영지의 기둥이십니다. 어서 훌훌 털어버리고 일어나시지요."

하나도 진심이 담겨 있지 않는 말이다.

그 누구라도 알아챌 수 있을 정도이다.

이 녀석, 아직 서툴다.

그와 마찬가지의 생각인지 루디아의 미간이 찌푸려졌다.

아이란이 쳐다보자 다시 재빨리 미간을 폈지만 아이란의 눈은 놓치지 않았다.

"그럼 쉬도록 하세요. 이 어미는 이만 나가겠습니다. 아, 크란은 남으렴. 오랜만에 형제 간의 오붓한 시간을 보내야지. 형제끼리 즐거운 시간 보내세요, 백작."

"예."

문을 열고 나가려던 루디아는 '아참! 그것을 잊었네' 라며 아이란을 돌아봤다.

"백작, 혹시 이 어미가 준 손수건 아직 가지고 있습니까?"

손수건?

왜 손수건을 아이란에게서 찾는단 말인가?

'아아… 출정 전 부적이라며 준 손수건 말인가?

보는 눈들이 있기에 그는 그녀에게 매우 감사하며 자신의 품속에 넣었다.

옷을 갈아입었기에 당연히 현재 자신의 품엔 없다.

아이란은 탁자 위로 고개를 돌렸다.

자신의 품에서 나온 물건들은 저 위에 올려놓았을 것이다. 힐끗 바라보았지만 손수건은 없었다.

"죄송합니다. 전투 중에 잃어버린 것 같습니다."

"그러십니까? 어쩔 수 없군요. 그럼 이 어미는 나가보겠습니다."

루디아가 나가자 방 안에는 적막감이 감돌았다.

크란이 입꼬리를 슬쩍 올렸다. 그것은 물론 명백한 비웃음.

"아쉽습니다, 백작님."

"그래, 많이 아쉽겠구나. 내 자리를 네가 차지할 기회였는데."

"백작님이 갈라고스로 떠나실 줄 알았는데 깨어나셨군요."

갈라고스.

그라나니아에 가장 많이 퍼져 있는 아르난교(敎)에서 말하는 죽은 자들의 세계로, 그곳은 아무것도 없는 공허의 세계라고 신관들은 말했다.

갈라고스로 떠난다는 말은 죽음을 맞이한다는 표현이었다.

"그래. 내가 죽으면 기뻐할 네 생각이 나서 일어났지."

아이란 역시 적당히 응수를 해주었다.

피식!

아이란과 크란 둘 다 웃음을 터뜨렸다.

크란과 아이란은 물과 기름의 관계였다.

둘은 백작 위를 두고 경쟁하는 관계였으며 결국은 아이란의 승리로 끝이 났다.

그렇지만 크란이 승복하지 못하는 것에서 아직 분쟁은 끝나지 않았다.

지금도 크란의 할아버지 야로스 자작은 명분을 외치며 힘을 모으고 있었다.

그 명분으로 아이란의 어머니인 첫째 부인의 출신을 들었다.

첫째 부인의 출신이 분명치 않았기 때문이다.

소문에는 천민이었다고도 하고 평민이라고도 했다. 혹자는 귀족가의 영애라고도 했다.

진실은 죽은 백작과 어머니만 알 뿐이다.

“푸른 갈기 거인이라고 들었습니다?”

크란이 화제를 돌렸다.

“발론 자작이 그리 말하더군. 뭐, 나는 기절해 있어서 잘 모르겠다. 그런데 토벌을 했다던데 그 시체는 보지 못했느냐? 백작 성에 가지고 왔을 터인데.”

“야로스 자작님의 저택에서 잠시 머무느라 보지 못하였습니다.”

“아쉽겠구나.”

“뭐… 별로…….”

크란이 고개를 휘휘 저었다. 그때 크란의 눈에 띄는 것이 있었다.

탁자 위에 놓여 있는 그것.

그락서스 백작가의 가주를 상징하는 물건.

손잡이 끝마디를 붉은 보석과 붉은 수실로 장식한 시선을 끄는 검.

뼈와 같은 백색 검신을 가진 검.

그 이름은 ‘펜리르의 송곳니’로, 백작가의 보물이었다.

전설에 따르면 땅의 요정 드워프(Dwarf)가 신화의 생물 펜리르(Fenrir)의 송곳니를 용의 가죽에 수년간 벼려 날을 세웠다는 검.

이것만으로도 보물이라 불리기에 부족함이 없으나 이것을 선물한 선조의 친우인 엘더 마구스(Elder Magus:최고위 마법사)가

마법을 걸어 절대 손상되지 않는 검이 완성되었다.

전설로는 잠들어 있는 기능이 존재한다지만 그 자체로도 이미 충분한 보물.

세계에서 십대명검이라 칭해지는 보물에 당당히 한자리를 차지한 물건이었다.

"몇 번을 볼 때마다 느끼는 것이지만 정말 아름답습니다. 가지고 싶어요."

크란이 펜리르의 송곳니에 손을 가져갔다. 그의 손이 검을 쥐려고 할 때, 검에서 얇은 바람이 불어와 크란의 손을 밀어냈다.

주인이 아닌 자가 손을 대는 것에 대한 경고. 그러나 크란은 무시하고 계속 뻗었다. 그러자 이번엔 날카로운 삭풍이 불어와 그의 손을 난자했다.

크란은 얼른 손을 떼 손수건으로 손을 감쌌다. 고통에 얼굴이 찡그려졌다.

"크윽! 앙탈이 심하군요."

"그 주인에겐 애교일 뿐이지. 어떤 여자든지 허락 없이 자신의 몸에 손을 댄다면 기분이 나쁠 것이야. 뺨을 맞지 않은 것만으로도 다행이군."

휙!

크란이 뒤돌아 아이란을 노려보았다.

이 방에 들어선 이후 처음으로 아이란에게 보이는 감정 표현이다.

"이제야 사람답구나, 동생아."

그 말에 크란은 다시 무표정으로 돌아왔다.

"아직 끝나지 않은 것을 아시지요? 백작, 아니, 형님의 여자, 언젠가는 제 여자로 만들 겁니다."

쾅!

크란이 문을 닫고 나갔다.

"쯧, 내 여자는 절대 남과 공유하지 않는단다, 동생아. 살고 싶다면 기어오르지 않는 것이 좋아. 닥치고 숨죽이고 살아. 내가 네 녀석이 살아 있는 것도 모를 만큼. 난 기어오르는 자를 절대 용서한 적이 없다."

진자겸의 기억 속에서 그는 절대자였다.

그는 절대 자신에게 반항하는 자들을 살려둔 적이 없었다.

아이란과 하나가 되며 그 성격이 많이 희석되긴 했지만 그에게 많은 영향을 끼친 것은 사실이다.

그렇기에 아이란의 성격은 예전과 많은 부분이 달라졌다.

시선이 탁자로 향했다.

정확히는 루디아가 가져온 꽃으로.

일반인, 아니, 평범한 벨라토르는 느끼지도 못할 알싸한 냄새가 그 꽃에서 방 안으로 퍼지고 있었다.

"그런 의미에서 네 어미는 내게 기어오르는구나."

독이다.

불사성체에 의해 재탄생된 몸 덕분에 가지게 된 극도로 뛰어난 감각. 그렇기에 느낄 수 있었다.

"잘됐군."

아이란은 이것을 기회라 생각했다.

어차피 불사성체를 통해 만들어진 불사의 몸엔 독 따위는 통하지 않았다. 만독불침의 몸이 되는 것이다.

'루디아, 고맙다. 훗날 내가 힘을 갖춘다면 이 보답으로 선물을 주도록 하지.'

물론 그 선물이란 루디아를 비롯한 그 무리를 쓸어버리는 것이 될 것이다.

그때쯤이면 아마 루디아는 피눈물을 흘리며 후회할 것이다.

만약 진자겸의 기억이 없었더라면 루디아의 수는 훌륭히 통했을 것이다. 그러나 현실엔 만약이란 말이 없다.

진자겸의 기억 속에는 신공절학이 넘쳐난다.

천하제일의 힘을 자랑하는 신마성.

그곳의 주인인 진자겸이었기에 당연한 것들.

그중에는 외부의 삿된 기운을 정제해 자신의 힘으로 바꿀 수 있는 무공 역시 꽤 존재했다.

머릿속을 스치는 수많은 신공과 마공 중에서 고른 한 가지.

환본신공(換本神功).

다른 이들의 힘을 흡수하는 흡성대법(吸星大法)과 같은 가지에서 갈라져 나온 무공.

그 어떤 기운이든 자신의 근본되는 힘으로 바꾸어주는 절세의 신공이었다.

그 기운이 설혹 독이든 상대의 오로라든 상관없었다. 체내에 침투한 기운을 거르고 정제해 순수한 기운으로 만들어주는 환본신공.

그것이 있다면 이 꽃은 그저 자신의 오로라를 회복하는 데 도움을 줄 영초일 뿐이다.

아이란은 환본신공을 운용하면서 앞으로 자신의 몸을 지킬 무공으로 어떤 것을 익힐지 고민했다.

그러나 처음부터 고민할 여지도 없이 아이란은 알고 있었다, 자신이 익혀야 할 무공을.

십전마신강(十全魔神强).

강(强)의 극치, 극강(極强)의 단계까지 간 무공이었다.

진자겸이 성주가 된 후 교내의 모든 무공과 무림의 뛰어난 고수들의 절기, 전대 천하제일고수의 무공 등을 수집해 자신의 깨달음과 성주의 무공 옥황평천공(玉皇平天功)을 녹여낸 무공.

강호에 존재하는 모든 무공을 녹여 정수를 뽑아냈다고 할 수 있는 진자겸의 자랑이었다.

마음을 먹자 십전마신강의 구결이 아이란의 머릿속에서 번뜩였다. 그와 동시에 십전마신강의 단점 역시 생각났다.

십전마신강에 단점이 있다면 너무나도 극강의 기운이라 그것을 견딜 무기가 없다는 것이다.

무기에 기운을 담으면 몇 번 사용치도 못하고 터져 나간다.

검을 사용하면 검이 터져 나가고 도를 사용하면 도가 터져 나간다.

신마성의 성주신물이었던 신검(神劍) 앙신(殃神)은 신검이란 명성답게 꽤 견뎌냈으나 역시 견디지 못하고 터졌다.

그런 기운을 체내에 담아두니 몸은 또 어떻겠는가?

아마 진자겸이 불사성체를 익히지 않았더라면 그 육신이 터져 나갔을 것이다.

어쨌든 불사성체의 대성에 이르러 그 육신으로 십전마신강을 펼치기까지 진자겸은 수없이 많은 무구를 터뜨려 먹었다.

극성에 달하는 지금의 육체로선 그 힘을 견뎌낼 수만 있을 뿐 체내에서 사용할 수는 없었다.

그렇지만 이곳은 다르다.

바로 저것!

탁자 위에 올려져 있는 저 물건이 그 문제를 해결해 줄 것이다.

'펜리르의 송곳니!'

주인인 아이란이 펜리르의 송곳니에 관한 전설을 모를 리가 없었다.

절대 손상되지 않는 검!

이것만큼 십전마신강에 잘 어울리는 무기가 있을까?

다른 십대명검처럼 폭풍을 부른다든지 지진을 일으킨다는 등의 힘은 없다.

그러나 펜리르의 송곳니는 십전마신강과 더없이 어울리는 짝.

둘이 만나 완전(完全)을 이룰 것이다.

＊　　　＊　　　＊

무공에 있어서 가장 중요한 것은 무엇일까?

혹자는 초식이라 말할 것이며, 또 다른 이는 절세의 신공을 익히는 것이라 말할 것이다.

물론 초식이나 내공심법 등이 중요하지 않다는 것은 아니다.

그러나 경지에 오른 무인들에게 묻는다면 열에 아홉은 이렇게 말할 것이다.

호흡!

무공에 있어서 이것은 단지 숨을 내쉬는 행위가 아니었다.

무공의 시작과 끝이라고 할 수 있었다.

대기에 펼쳐진 무한한 기를 자신의 몸에 쌓아가는 행위이자, 그렇게 모아진 기를 컨트롤할 수 있는 행위.

그것이 바로 호흡이었다.

침대에 기묘한 자세를 틀고 앉아 있는 아이란의 모습은 요상했다.

누군가 이 모습을 보면 그 기묘한 자세에 한 번 놀라고, 죽은 것처럼 숨 막히는 정적에 또 한 번 놀라리라.

아이란은 지금 착실히 호흡을 하고 있었다.

보통 이렇게 호흡을 통해 모은 기는 단전으로 향한다. 그것은 저잣거리의 삼류무공도, 유명한 문파의 절세신공도 같다. 그러나 가끔 그 상식을 파괴하는 무공이 등장하곤 한다. 바로 이 십전마신강처럼.

아이란은 코와 입뿐만 아니라 전신의 모공을 모두 사용해 호흡했다.

대기 중에 존재하는 기가 아이란에게 무서운 속도로 쏟아져 들어갔다.

창문이 닫혀 있는 방 안에서 바람이 불었다. 아이란을 중심으로 흡수되는 바람, 바로 유형화된 기였다.

이곳이 진자겸이 생활했던 중원보다 기의 밀도가 몇 배나 높았기에 일어나는 현상이었다.

그 덕에 오로라의 양적인 면에 있어선 중원보다 몇 배나 빠른 성취가 가능했다.

아이란은 호흡을 한 기운을 배꼽 아래, 이곳에선 포스 탱크라 부르는 하단전까지 내려 보내 정제한 후, 전신 사지백해

곳곳으로 보냈다.

경지가 오른다면 중단전, 이곳에선 매지카 홀(Magicka hall:마법의 중심)이라고 부르는 곳과 디바인 플레이스(Devine place:성스러운 장소)라 불리는 상단전을 통해서도 전신의 기를 퍼뜨릴 수 있었다.

보통의 무공은 이렇게 기를 곳곳에 퍼뜨리지 않는다. 그러나 왜 십전마신강은 퍼뜨리느냐?

바로 전신의 세포 하나하나를 모두 기를 담는 그릇으로 사용하는 것이 바로 십전마신강의 내공심법, 마신강림(魔神降臨)의 요체이기 때문이다.

마신강림이 전신 모든 세포에 기를 채워 넣는 이유는 십전마신강의 강력함을 뒷받침하기 위해서다.

강력한 힘을 발휘하기 위해선 그것을 운용하기 위한 에너지가 필요하다.

특히 십전마신강처럼 강력한 무공에 필요한 그 에너지의 양은 절대적이다.

체내에는 삼단전이라 하여 그 에너지를 저장할 공간이 존재하지만 십전마신강의 강력한 힘은 그것만으로는 부족했다.

그렇기에 전신 모든 세포 하나하나를 단전으로 삼아 에너지를 채워 사용하는 것이다.

"후우우!"

몇 시간에 걸친 호흡을 마지막으로 정리하여 전신에 퍼뜨린 아이란은 감았던 두 눈을 떴다.

몸 전체에 충만감이 돌았다.

바로 진자겸이 느꼈던 그 기분을 지금은 아이란이 느끼고 있었다.

*　　*　　*

깨어난 지 보름째.

오늘 하루 만에 족히 일 개월 분의 오로라가 증진되었다.

지난 보름간은 일 년 하고도 반년의 오로라를 모았다.

불사성체와 환본신공, 마신강림공이 합일해 이루어낸 결과.

이걸로 아이란의 오로라는 족히 사십 년 분은 되었다.

아이란의 나이가 스물이라는 것을 볼 때 나이의 두 배에 달하는 오로라를 가지게 된 것이다.

이것은 상당한 성취였다.

대부인 루디아는 자신이 가져다 둔 독이 아이란에게 도움이 되었다는 것을 땅을 치고 후회하리라.

창밖을 보아하니 낮이었던 것이 노을이 져 있었다.

운기를 한 지 몇 시간은 훌쩍 지난 듯했다.

가부좌를 푼 아이란은 허리를 쭉쭉 피고 손을 뻗는 등 스트레칭을 해주었다.

운기라는 행동이 기본적으로 피로를 풀어주는 등의 효과가 있지만 직접 몸을 움직여 주는 것이 좋았다.

똑똑!

"백작 각하, 칼입니다."

"들어오게."

집사 칼이 방 안에 들어왔다. 그는 스트레칭을 하고 있는 아이란을 보며 살짝 놀란 눈빛이었다.

"몸은 괜찮으신 겁니까?"

아이란이 빙그레 미소를 지었다.

자신을 걱정해 주는 칼의 마음을 느꼈기 때문이다.

진자겸의 기억 속에도 이런 인물이 몇 있었다. 진심으로 자신을 걱정해 주는 이들.

그 생각이 떠올랐다.

"자네가 보기에는 어떠한가?"

"밖에 나가셔서 검을 휘두르셔도 될 정도로 보이는군요. 그런데 좀 달라지신 것 같습니다."

"무엇이 말인가?"

"글쎄요. 그렇게 물으신다면 잘 모르겠습니다."

과연 집사이자 총관.

칼은 뛰어난 이였다.

아이란은 진자겸의 기억을 각성했다. 전혀 다른 인물과 하나가 되었기에 달라진 점이 없을 리가 없었다.

정확히 무엇이 달라졌는지 정확히 콕 집으라면 말하지 못
한다. 하지만 칼은 아이란이 미묘하게 달라졌다는 것을 알아
차렸다.

그렇지만 그것이 칼을 깎아내릴 이유는 못 된다.

다른 인물들은 알아차리지 못한 사실을 칼은 알아챈 것이
다.

"그래서 이상한가?"

"아닙니다. 백작님은 백작님이시지요. 백작님의 몸속에 그
락서스의 피가 흐르는 한 백작님은 이 땅의 지배자이십니
다."

칼이 빙긋 웃었다.

아이란도 웃음으로 답해주었다.

"그래, 그런데 무슨 일인가?"

"대부인께서 저녁 식사를 함께하시잡니다."

아마 보름쯤 되니 독의 진행 상황이 궁금하겠지.

그렇기에 평소 함께하지 않는 식사를 같이하자 하는 거고.

그럼 장단을 좀 맞춰줘 볼까?

아이란은 슬쩍 악동과도 같은 미소를 지었다.

"대부인께선 내가 몸이 좋지 않아 같이 식사를 하지 못하
겠다고 전해주게."

"예, 알겠습니다."

칼은 예를 표한 뒤 몸을 돌리며 한 가지 생각을 했다.

바로 아이란의 미묘한 변화에 대해서.

토벌 전의 아이란과, 그 후 깨어난 아이란은 미묘하게 달랐다.

그러나 크게 바뀐 점은 없다.

딱딱 떨어지는 말투 같은 것은 예전부터 그랬으므로 변화가 없었다.

굳이 바뀐 점을 들자면 자신의 의견에 예전보다 좀 더 강하게 힘을 싣는 정도?

생사의 고비를 넘기니 주인의 생각이 좀 바뀐 것 같다.

그렇지만 아이란을 근접해서 보필하는 자신이 아니면 잘 알지도 못할 변화이다.

다른 이들은 잘 알아채지 못하리라.

죽다 살아난 것을 생각해 보면 이해하지 못할 일은 아니다.

칼이 방을 나간 뒤, 아이란은 머릿속으로 대부인의 생각을 정리했다.

평소 그는 대부인과 식사를 잘 가지지 않았지만 그쪽의 요구를 거절한 적도 없었다.

그런데 아이란이 식사를 거절한다?

무언가 일이 있다고 여길 것이다.

그 일은 자신이 쳐둔 거미줄일 것이고.

"되도록 빨리 힘을 되찾아야겠어."

그리 길지 않은 시간 내에 힘을 쓸 일이 찾아올 것이다.

그때가 되면 적에겐 악마와 같이 날뛰리라.

*　　*　　*

식사를 마치고 자신의 방으로 돌아온 루디아가 빙긋 웃음을 지었다. 아름다운 여인의 미소이건만 섬뜩했다. 그 이유는 바로 눈이었다.

루디아의 보석처럼 빛나는 두 눈은 전혀 웃고 있지 않았다.

"거인의 호르몬(Giant hormone)에도 죽지 않다니… 아이란, 너는 이 어미가 점점 못 할 짓을 하게 만드는구나."

거인의 호르몬

정확히는 암컷 거인의 호르몬으로 암컷 거인의 시체에서 추출할 수 있었다.

인간이 맡을 시엔 그저 무색무취의 향이지만 거인들에겐 종족 보존의 본능을 자극하는 도발적인 향기였다.

흔히 거인을 토벌할 시 유인에 사용되는 이 향은 거인 종류에게 큰 효과를 발휘했다.

루디아는 호르몬을 손수건에 푹 적셔 아이란에게 줬었다.

비싼 값을 들였지만 그 값은 톡톡히 해냈다.

아이란이 푸른 갈기 거인의 습격을 받은 것은 바로 루디아에 의한 바였다.

비록 운 좋게 살아나긴 했지만 아이란 쪽의 진형을 흔들고 그 부스러기를 수습했으니 값어치는 충분했다.

게다가 이번엔 그것뿐이 아니었다.

"호호, 이번엔 틀림없이 네 죽음이 결정되었단다, 아이란. 냄새나는 괴물들이 아닌 꽃향기와 함께 행복하게 가거라. 갈라고스의 신들께 내 안부도 좀 전해주고. 아참, 죽은 이유를 물어보면 넘보지 말아야 할 것을 주제넘게 넘본 죄라고 하렴."

루디아는 마치 아이란이 앞에 있는 듯 사근사근 말했다. 그러나 그 어투와 달리 내용은 충격적인 것이다.

살라닌.

겉보기엔 그저 아름다운 꽃이지만 사실 수술의 꽃가루와 향은 치명적인 독이었다.

물론 갑작스레 피를 토하고 죽는 그런 독은 아니다. 그러나 하루에 몇 시간씩 지속적으로 흡입할 시, 내부에서부터 차근차근 몸을 망가뜨리며 장기를 녹이는 독이었다.

칼과 같은 집사와 하녀들이야 침실을 들락거린다곤 하지만 그 정도의 짧은 시간으론 쌓이지 않는다.

효과가 극대화되는 시기는 바로 잠을 잘 때.

그때 아이란의 몸속에 봇물처럼 쌓이게 될 것이다.

아마 반년 정도면 아이란은 이 세상 사람이 아닐 것이다.

아이란이 죽으면 토벌에서 얻은 상처로 인해 죽었다고 공표해야겠지. 그러면 이 영지는 이제 그녀의 자식 크란의 것이 된다.

'아버지께 감사드려야겠어.'

살라닌 꽃은 쉽게 구할 수 있는 것이 아니었다. 루디아가 살라닌 꽃을 얻은 것에는 그녀의 아버지 야로스 자작의 공이 컸다.

이럴 때 아버지께 연락이나 해볼까?

루디아가 자신의 화장대 서랍을 열었다. 그러자 그곳에서 어른 주먹만 한 수정구가 나왔다.

마법의 힘이 깃들어 있는 수정으로 마법사가 없더라도 통신을 할 수 있는 진귀한 물건이었다.

그녀는 수정구를 화장대 위에 올려두고 야로스 자작을 생각하며 수정구를 쓰다듬었다. 그러자 수정구에서 빛이 나더니 화장대의 벽에 설치되어 있는 거울에 스며들었다.

잠시 후 거울 속에서 목소리가 들려왔다. 아니, 목소리뿐만이 아니다. 희끗희끗한 머리칼을 가진 중장년 사내의 모습이 나타났다.

"루디아."

거울 속의 인물이 그녀를 불렀다. 그녀는 그 인물에게 공손히 머리를 숙였다.

"오랜만에 뵈어요, 아버지."

거울 속에 나타난 인물은 그녀의 아버지이자 크란의 외할

아버지인 야로스 자작이었다.

"그래. 삼 일만이로구나. 선물은 잘 도착했느냐?"

"예. 선물을 받으신 백작 각하께서 너무 기뻐하시더라구요."

"허허! 그것 참 다행이로군. 그렇게 기뻐하신다니 참으로 보람차구나."

야로스 자작은 루디아의 말을 통해 계획이 성공했음을 알았다. 그에 그의 얼굴에 미소가 걸렸다.

"크란은 어떠냐? 우리 외손자는 잘하고 있겠지?"

"예. 기사들의 이야기를 들어보면 벌써 완숙한 3랭크의 기사라더군요. 다 아버지를 닮아 그런 것이죠."

"핫핫! 맞다! 맞아! 분명 그 녀석은 날 닮아 그럴 테야! 정말 기분 좋구나!"

손자의 뛰어난 성취에 야로스 자작은 너털웃음을 터뜨렸다.

3랭크라면 포스 탱크, 즉 단전을 형성한 상태였다. 중원과 비교해 떨어지는 이곳의 연공 기술을 볼 때 15살에 3랭크라면 상당한 성취였다.

아마 같은 나이에 4랭크를 달성한 아이란이란 존재가 없었더라면 크란 역시 상당히 명성을 날릴 수 있었을 것이다.

그러할 시 후계 경쟁이 어떤 방향으로 흘러갔을지도 알 수 없었고.

"게다가 가신과 봉신들을 끌어들이는 것도 순조롭지요. 마법사장과 관리청장이 우리와 함께하기로 서신을 보내왔어요. 베밀 가문 등을 비롯한 영지의 귀족 가문들 역시 크란을 지지한다고 서한을 보내왔고요."

가신은 백작가에 속한 신하들로 집사장 칼이나 기사단장 발론 자작 등 백작가 내 신하들을 의미한다.

봉신은 백작가를 따르는 영주인 신하를 의미하는데 야로스 자작 등이 봉신이었다.

그락서스 백작가에는 주요 가신 다섯과 봉신 넷이 있었는데 그중 가신 둘과 봉신 셋이 크란을 지지했다.

또 아이란이 쓰러진 틈을 타 두 진영에서 줄타기를 하던 그락서스 영지 내 귀족들이 크란 쪽에 붙었다.

"판세는 이미 우리에게 기울었구나."

속칭 크란 파에 속한 가신과 봉신은 백작가를 운영하는 주요 인물들이다. 그들의 명칭만 보아도 화려했다.

영지의 관리들을 다루는 수석 관리 미르힘.

영지 마법사들의 스승인 4랭크의 마구스(Magus:마법사) 영지의 수석 마법사 젤만.

영지의 직영 상단을 관리하는 상단주 베라임은 항상 외부로 상행을 나가 있어 포섭할 수 없었지만 상단 본부의 부장을 끌어들였다.

영지의 군사력을 관리하는 발론 자작과 백작가와 정보를

관리하는 칼이 포함되지 않은 것이 아쉽지만 이 정도면 굉장한 전력이었다.

게다가 이들은 가신. 아직 봉신이 남아 있었다.

백작령에서 백작을 제외하고 가장 큰 봉토와 세력을 가진 야로스 자작가가 크란의 외가였으며 아낙 산맥과 맞닿아 굳센 정병으로 유명한 베르만 남작가와 영지의 수석 마법사를 배출한 뛰어난 마법가문 르아닌 남작가.

이렇게 그락서스의 기둥들이 크란을 지지했기에 자신감을 심어주었다.

"호호, 아버지께서 이 백작령을 다스릴 날이 멀지 않았네요."

"예끼! 내가 다스린다니. 내 외손주 크란을 놓아두고 어떻게 내가 다스리누. 헛헛!"

야로스 자작이 너털웃음을 터뜨렸다.

"그럼 애야, 이만 통신을 꺼야겠구나."

"예, 아버지."

"요즘 밤바람이 찬 것은 알고 있지? 감기 걸리지 않게 조심토록 해라. 무엇보다 몸이 제일 중요해."

지금 이 순간만큼은 영지를 차지하기 위해 음모를 꾸미는 야망이 넘치는 간웅(奸雄)이 아니라 딸을 걱정 아버지일 뿐이었다.

"걱정하지 마세요. 그보다 아버지나 건강 유의토록 하세요."

딸 역시 마찬가지.

아버지를 걱정하는 평범한 딸의 모습.

그러나 이들은 절대 평범한 이가 아니다.

“헛헛! 고맙구나. 그럼 이만 끊으마. 들어가도록 해라.”

“예, 들어가세요.”

팟!

수정구의 빛이 꺼지고 거울 속에서 야로스 자작이 사라졌다.

루디아는 수정구를 천으로 깨끗이 닦은 후 서랍 속에 고이 모셔두었다.

똑똑!

“대부인, 말락입니다.”

말락.

그락서스의 정예 기사단인 검은 매 기사단의 부단장.

그가 야심한 밤에 무슨 일로 루디아를 찾아온단 말인가?

“잠시만 기다리세요.”

루디아는 화장대 위 향수병 하나를 집어 들었다.

요사스런 보랏빛 액체가 찰랑이는 병.

그녀는 목덜미에 향수를 몇 방울 발랐다.

“들어오세요.”

끼릭.

들어온 부단장 말락. 콧수염을 기른 신사의 외모를 가진 이였다.

인망 역시 그 외모에 걸맞아 기사 중의 기사, 신사 중의 신사라 칭송되는 이.

그런 말락이 들어오자마자 루디아를 껴안았다.

루디아는 저항하지 않았다.

"역시 당신은 향기롭습니다, 나의 꽃이시여."

그는 루디아의 목덜미에 뿌려진 향을 느끼며 그녀의 귀에 바람을 불어넣었다.

"계속 이렇게 있으실 건가요?"

"물론 아니지요, 나의 꽃이시여."

말락이 포옹을 풀었다.

그녀가 손을 내밀자 그는 무릎을 꿇으며 키스했다. 그러나 그것이 끝이 아니었다.

그의 키스는 조금씩 손을 타며 올라갔다.

손목을 타고, 어깨를 타고, 목을 타고 올라가 마침내 그녀의 입술과 닿았다.

루디아는 그를 거부하지 않았다.

스르륵.

옷이 벗겨지고, 두 사람은 서로를 더듬으며 조금씩 한쪽으로 향한다.

등불로 인해 생긴 두 사람의 그림자는·마치 한 마리의 거미(Black widow)가 먹잇감을 잡은 듯한 형상이었다.

CHAPTER

3

과거를 애절하게 들여다 보지마라. 다시 오지 않는다. 현재를 현명하게 개선하라. 너의 것이니. 어렴풋한 미래를 나아가 맞으라. 두려움 없이.

Look not mournfully into the past. It comes not back again. Wisely improve the present. It is thine. Go forth to meet the shadowy future, without fear.

—헨리 워즈워스 롱펠로우(Henry Wadsworth Longfellow)

아무도 없는 넓은 공간.

단단한 돌로 바닥을 다진 수련장에 아이란은 홀로 서 있었다.

십전마신강에서 공격을 담당하는 쌍절(雙絶)은 전(前)사식(四式)이라 불리는 지절(地絶)과 후(後)사식(四式)이라 불리는 천절(天絶)로 나뉜다.

지절은 초식이라고 할 수 있었고 천절은 오로라를 사용하는 법이라고 할 수 있었다.

무림에서 쌍절은 파천의 무공이라 불리며 재앙이라 칭해졌었다.

오죽하면 무림의 호사가들이 '마제의 손에서 펼쳐지는 파천의 무공에 대지가 무너지고 하늘이 부서지는 재앙이 일어난다!' 고 했을까.

그만큼 강력하기에 쉽게 펼칠 수 없었다.

지금 아이란의 몸에 쌓여 있는 오로라의 양으론 지절이 고작이다.

천절에 필요한 오로라는 지금으로썬 요원하기만 했다.

어쨌든, 지금 할 수 없는 것을 생각하는 것보단 할 수 있는 것을 하는 것이 최선이다.

아이란이 검을 전방에 겨누었다.

"일식(一式), 악룡대조(惡龍大爪)."

악룡의 발톱엔 그 무엇조차 찢어발겨지리라!

스아아아아악—!

악룡대조!

초식 명에 맞게 공간을 찢는 듯한 소리가 났다.

단 한 번 휘둘렀으나 세 번을 베었다.

악룡의 발톱에 앞에 있는 허수아비는 세 갈래로 갈기갈기 찢겨졌다.

허수아비가 강철 갑옷을 입고 있는 것을 생각하면 무서운 위력이었다.

아직은 세 번의 삼조룡이지만 성취가 높아질 시 황제의 권위인 오조룡에 달할 수 있었다.

악룡의 발톱에 허수아비들이 무수히 찢겨졌다.

족히 수십 개의 허수아비가 찢어지고 나서야 아이란은 검을 거두었다.

숨을 가다듬은 아이란은 다음 초식을 펼쳤다.

그사이 허수아비들은 새것과 같이 돌아가 있었다.

"이식(二式), 탐서충각(貪犀衝角)."

탐욕스런 코뿔소의 뿔엔 그 무엇이든 산산이 조각나리라!

콰우우우우우!

본디 검이란 베는 것보다 찌르는 것이 효과적인 무기이다.

베는 것만이라면 검보단 도가 더 훌륭하다.

그러나 도는 찌를 수 없다. 검은 찌를 수 있다.

탐서충각은 그것의 특성을 살린 초식이다.

코뿔소의 충돌처럼 무게가 실린 혼신의 찌르기가 터져 나왔다.

한 점에 집중된 파괴력이 검끝을 통해 터져 나왔다.

조금 전의 악룡대조가 강철 갑옷을 찢는 정도였다면 이번은 산산이 터져 나갔다.

엄청난 위력.

그러나 아이란은 아직 맘에 들지 않는 표정이었다.

"실패다."

이만한 위력의 공격이 실패라니?

다른 무인들이 들으면 입에 게거품을 물고 달려들 소리였다. 그러나 아이란의 입장에선 실패가 맞다.

극에 이른 탐서충각은 전면을 터뜨리지 않는다.

오히려 검에 찔린 부분은 작은 구멍만 날 뿐이다. 그러나 뒷부분은 산산이 터져 나간다.

지금처럼 모든 부분이 터져 나간 것은 실패다.

계속해서 무수히 허수아비를 찔렀다.

찌르는 족족 허수아비들은 터져 나갔다.

실패의 연속이다.

'겨우 삼성의 성취로 무엇을 할 수 있을까. 진자겸이 그립군.'

신마, 또는 마제라 불리던 진자겸 시절의 몸. 그 몸은 그야말로 무공을 익히기에 완벽한 육체였다.

어떤 무공이든 보는 즉시 정신보다 육체가 먼저 깨달았으며 어떤 무공이든 단번에 성취를 이루어낼 수 있었다.

아마 진자겸의 몸이었다면 한 달이면 오성을 넘어 팔성을 이루었을 것이다. 실제로 신마성의 성주공(城主功)인 옥황평천공(玉皇平天功)을 익힐 때는 시작한 지 일주일도 안 되어 오성을 이루었었다.

그런 굉장한 몸을 가졌었기에 아이란은 지금의 몸이 마음에 들지 않았다.

천재라 불리던 아이란의 몸이지만 최상의 육체를 가졌던 진자겸에겐 그저 범인과 같다.

“그렇지만 너무 쉬워도 재미가 없지…….”

조금 떨어지면 어떠한가?

최고를 맛봤으니 평범을 맛보는 것도 좋지 않은가?

처음부터 보석이었던 과거와 달리 원석을 갈고닦는 재미를 느껴보자.

아이란은 볼품없는 원석을 찬란한 보석으로 바꾸는 법을 알고 있다.

불사성체를 익히고 환본신공과 마신강림공을 꾸준히 익힌다.

이것으로 나는 보석이 된다.

빙긋 미소를 지으며 아이란은 검을 들었다.

아이란의 무공 수련은 계속됐다.

게다가 이제부터 진짜 지절의 시작이다.

“삼식(三式), 마신삽창(魔神揷槍).”

마신이 창을 꽂으니 폭풍이 일어나리라!

콰콰콰콰쾅─!

이번엔 검을 휘두르는 것이 아니었다.

마신이 창을 꽂는다.

초식 명에 맞게 검을 땅에 꽂았다.

단단한 돌로 이루어진 바닥이지만 두부처럼 검이 꽂혀 들어갔다.

그리고 이내 꽂은 자리를 중심으로 바닥이 들썩이더니, 거센 폭풍이 땅을 깨고 솟구쳤다.

그것은 와류(渦流), 볼텍스(Vortex)!

기가 거세게 회전하며 소용돌이를 일으켰다.

소용돌이는 폭풍이 되어 허수아비들을 쓸어버렸다. 기의 폭풍에 휩쓸렸던 잔해들이 후두둑 땅에 떨어졌다.

마법이 걸린 허수아비지만 이번엔 재생되지 못하였다.

이것이 바로 지절, 아니, 쌍절의 본모습이다.

무기를 이용한 직접 공격보다 기운을 이용한 공격. 무기는 기의 전달 매체이자 기를 증폭시켜 주는 역할일 뿐.

그렇기에 이 무공은 아무나 익히지 못한다.

십전마신강은 초심자가 익힐 수 있는 무공이 아니었다.

애초에 강기를 사용할 수 있다는 전제하에 준비된 고수만이 익힐 수 있는 상승의 무공이었다.

그나마 진자겸의 기억을 가진 아이란이었기에 펼칠 수 있을 정도.

다른 4랭크의 벨라토르가 시전했다면 피를 토하고 죽었을 것이다.

다행히 마법이 걸린 지하 연무실의 벽이었기에 벽이 심하게 무너지는 정도의 손상은 일어나지 않았다.

"괜찮군."

괜찮은 정도가 아니었다.

거우 삼성의 성취만으로 이런 위력이라니, 다른 이들이 본다면 입이 떡 벌어질 정도로 굉장했다.

"마지막 남은 사절(四絕), 신마혼우정(龍神混宇靜)은 이곳에
선 무리겠는걸."

'신마가 일으킨 혼돈이 우주를 고요히 만든다'는 뜻의 신
마혼우정.

마신삽창이 겨우 삼성의 성취만으로 이런 위력을 발하는
데 용신혼우정은 얼마만큼의 위력인지 굳이 해보지 않아도
알 수 있었다.

"지금 상태로 역시 천절은 무리겠군."

이 어마어마한 위력의 지절도 천절에 비하면 빛이 바랜다.
그만큼 어마어마한 위력을 자랑하는 것이 천절이었다.

공격을 위한 것은 이 정도면 되었다.

이젠 다른 것들의 차례.

상대의 공격을 피하기 위한 보법과, 몸을 가볍게 해 기동성
을 높여주는 경공. 그리고 자신을 방어하기 위한 호신공의 차
례다.

십전마신강의 무공들답게 보법과 경공, 호신공 역시 신마
성과 천하무공의 집대성이다.

보법이 총망라된 비천공무보와(飛天空武步)와 경공의 유성
폭비행(流星爆飛行), 호신의 거령신(巨靈神).

셋 모두 절세의 무공.

기억의 호수에서 비천공무보의 구결을 인양했다.

이 무공은 상대의 공격을 회피하기 위한 보법이자 공격하기 위한 보법이었다.

공격을 회피하며 오로라를 사용해 주변의 일정 공간 대기와 기운을 소멸시킨다.

그리하면 소멸된 대기를 채우기 위해 주변의 대기와 기운들이 몰려드는데 그때 어마어마한 폭발이 주변을 덮친다.

이것이 비천공무보에서 말하는 진공폭(眞空爆)이다.

비천공무보는 진공폭을 이용해 회피와 동시에 상대에게 공격을 가할 수 있는 무공이다.

이러한 무공을 흔히 공보(攻步)라고 하는데, 마교의 유명한 천마군림보(天魔君臨步)와 같이 무림의 몇 되지 않는 공보 중 하나였다.

물론 이런 위력을 발휘하는 만큼 상대의 공격을 회피하는 부류의 보법보다 내기의 소모가 비교 불가능했다.

마제라 불린 시절 오로라가 어마어마한 진자겸이라면 모를까, 지금 아이란의 실력으론 진공폭 몇 번에 오로라의 반은 날아갈 것이다.

물론 몇 번 쓰고 말 정도의 보법이라면 현재 아이란의 입장에선 실격이다.

그러나 진공폭이 없다고 해서 비천공무보가 평범한 무공이 되는 것은 아니다.

비천공무보는 진공폭 없이도 능히 천하일절이라고 불릴

만한 절세의 보법.

진공폭은 호랑이에게 날개를 달아주는 것뿐, 날개가 없다고 호랑이가 호랑이가 아닌 것은 아니다.

구결을 떠올린 아이란은 족적을 밟았다.

타타타탁!

현란한 발놀림이 바닥 위를 춤추었다.

이것만으로도 적의 공격을 거뜬히 피할 수 있었다.

다음으론 경공의 유성폭비행. 유성이 폭발적으로 날아가는 속도를 보고 따온 이름으로서 이것 역시 십전마신강의 무공답게 오로라 소모가 어마어마했다.

아이란은 수련장 끝으로 이동한 후 유성폭비행을 시전했다.

그러자 단 한 번의 발걸음에 수련장의 삼분지 일 정도를 이동했다.

세 걸음 정도면 수련장 끝까지 닿을 수 있다.

물론 그만큼 오로라 소모가 어마어마했다.

잠시 운기를 해 소모된 오로라를 채운 아이란은 마지막으로 남은 것을 준비했다.

마지막으로 남은 거령신.

아이란이 전신 세포에서 오로라를 끌어모아 머릿속 상단전으로 보냈다.

상단전이 열려 있다면 백해를 통해 바로 시전할 수 있었다.

그러나 열려 있지 않는 지금은 상단전에서 내려와 전신 모공을 통해 기운을 분출해야 한다.

분출된 기운은 아이란의 몸 뒤쪽에서 거인의 형상을 이루었다.

이것이 바로 거령신이다.

자신의 오로라로 이루어진 또 다른 자신을 소환하는 무공이자 술법!

이로 소환된 거신은 자신의 뜻대로 의사를 가지며 자신의 판단하에 최적화된 방어를 해준다. 또한 위급할 시 갑옷이 되어주기에 주인은 오직 공격에만 신경을 쓰면 된다.

물론 거신도 공격을 할 수는 있었다. 그러나 거신으로 공격하는 것보다는 천절의 힘이 더욱 뛰어나기에 거신은 방어 쪽에 특화되었다.

소환된 거신은 이곳 양식이 아닌 중원 양식의 무복을 입고 있었다.

올려 보는 아이란과 내려 보는 거신의 눈이 마주쳤다.

익숙한 얼굴이다.

진자겸의 기억 속에서 무수히 보았던 얼굴이다.

부리부리한 눈으로 아이란을 쏘아보던 거인이 입을 열었다.

[주인인가?]

실제로 말을 하지는 않는다. 그러나 아이란의 마음속에서 파문이 일듯 뜻이 전해졌다.

"그렇다, 거신이여."

[아니, 그대는 내 주인이 아니다. 나의 주인은 오롯한 하나, 오롯한 진자겸이다. 이것은 영혼이 가질 수 있는 거신의 계약에 따른 율법. 그렇기에 그대는 내 주인이 아니… 그대는 이상하군. 내 주인의 영혼이 미약하지만 느껴진다. 하지만 주인은 아니야. 진자겸이되 진자겸이 아닌 자, 그대는 누구지?]

거신이 의문을 표했다.

"내 이름은 아이란, 내가 바로 진자겸이다."

아이란이 당당히 말했다.

그는 진자겸의 기억을 가진 자다. 그가 진자겸이 아니면 누가 진자겸이겠는가!

[그대는 진자겸이…….]

그 순간, 거신이 터져 나갔다.

아직 오로라가 남아 있음에도, 정신이 멀쩡함에도 이런 적은 처음이었다.

아이란이 다시 거령신을 시전했으나 거신은 소환되지 않았다.

"대체 무슨 일이지?"

이런 적은 처음이다.

그렇기에 아이란 역시 알 수 있는 것이 없다.

아니, 알 수 있는 것은 단 하나.

“때가 되면 이유를 알 수 있겠지.”

시간이란 흐름에 따라 복잡하게 얽혔던 문제도 스르륵 풀어준다.

그럼 그때 궁금증을 풀면 된다.

지금 아이란에겐 필요한 건 힘.

자신을 적대하는 적에게 파멸이라는 선물을 내리려면 힘이 필요하다.

그 힘을 키우기 위해 노력하는 중이다.

지금의 발전 속도라면 십전마신강을 능수능란하게 펼칠 수 있는 수준이 멀지 않았기에 아이란의 표정은 나쁘지 않았다.

＊　　＊　　＊

“마법이라…….”

아이란이 책장에서 마법에 관한 책을 꺼냈다.

그것은 마법의 기원에 관한 설명서였다.

이전까진 철저한 기사인 아이란이었기에 마법엔 관심이 없었다.

아니, 마법으로 인해 이루어진 결과엔 관심이 있었지만 과정은 눈 밖이었다.

그러나 진자겸의 기억이 마법을 궁금해했다.

─마법(Magic)─마구스(Magus:마법사)가 사용하는 힘.

샤락.
다음 페이지를 넘기자 마법의 기원이 나온다.

마법이란 마도세기 때 급격한 발전을 이룬 학문을 말한다.
처음 시작은 각 부족의 주술이었다.
각 부족의 주술사와 제사장들이 사용하는 신비한 힘, 주술이었
다.
아무것도 없는 곳에서 불을 피우고 물을 뭉쳐내는 힘.
지팡이 끝에서 나오는 한 줌의 바람.
주술이란 인간이 발휘할 수 있는 신기한 힘.
지금 오로라를 사용해 리히트란 무서운 힘을 발휘하는 벨라토
르도 순수한 육체의 힘만을 쓰던 시절이었다.
아마 주술은 인간이 처음으로 발견한 오로라의 존재 확인이자
오로라를 사용하는 방법일 것이다.
그 후, 오랜 시간이 흘러 각 부족의 주술은 발달해 갔다.
처음의 불을 피우고 물을 모으던 시절을 지나 주술은 부족 간
의 전쟁에서도 사용하고, 저주를 발휘할 수도 있게 되었다.
부족들 간의 전쟁 속에서 주술이란 유용한 요소였다.
이때부터 주술사의 사회적 지위가 높아졌음을 짐작할 수 있

었다.

그 지위는 오랜 시간이 흘러 문명화된 지금 사회에서도 유지되고 있다.

어쨌든 오랫동안 지속되었던 부족과 부족 간의 투쟁이 지나, 인간은 국가(國家:Nation)를 형성하게 되었다.

그 과정에서 부족들은 서로 주술을 교류하였으며, 국가는 이를 주선했다.

국가는 각 부족의 이름난 주술사와 제사장들을 불러 모았으며, 이를 하나의 체계로 엮고 발전시켰다.

이렇게 탄생한 것이 바로 초기의 마법이다.

초기의 마법은 주술과 별다른 차이가 없었다.

그저 중구난방 식으로 난립하던 주술을 각 나라의 정체성으로 묶은 것에 불과했다.

그렇기에 각 나라마다 마법의 구현 방식이 전부 달랐다.

같아 보이는 마법이라도 알맹이는 전혀 달랐다.

국가가 주도적으로 나서 마법을 발전시켰으나 효율은 지지부진했다.

그러던 것이 나라 간 전쟁이 발발하며 바뀌었다.

언제나 전쟁은 기술을 한 단계 발전시켰다.

마법 역시 예외는 아니다.

국가와 국가 간의 전쟁에 마법이 동원되었다.

마법은 부족 간의 전쟁보다 국가 간의 전쟁 때 더욱 효과적이었다.

이때를 마법의 1차 성장기라고 부른다.

그 후, 마법사들의 전유물이던 오로라를 다루는 기술을 익힌 전사들이 등장했다.

바로 리히트를 다룰 수 있는 벨라토르의 등장이었다.

그러나 여전히 세상은 마법을 중심으로 발전했다.

그것은 결국 한 결과를 낳았다.

마기스탄(Magistan)!

그 어느 나라보다 마법에 큰 지원을 한, 국가의 모든 힘을 마법에 쏟아부은 나라, 마기스탄!

강대한 국가들 사이 조그마한 나라에 불과했던 마기스탄이, 어느 날 선포했다.

대륙 통일 전쟁!

그 어느 나라도 마기스탄을 비웃지 않는 곳이 없었다. 그러나 압도적인 마법을 앞세운 마기스탄 앞에 한 나라, 한 나라 무릎을 꿇자 더 이상 비웃는 이는 없었다.

마침내 대륙의 모든 국가는 마기스탄에 패배했고 흡수되었다.

마기스탄은 대륙 통일을 선언했다.

대륙을 통일한 대제국의 탄생이었다.

이때가 바로 대륙력 0년의 시작이자 마도세기의 시작이었다.

마도세기는 제2차 성장기라고도 불린다.

이때 마법은 제1차 성장기 못지않게 엄청난 발전을 거두었다.

마기스탄은 각 나라별 마법을 마기스탄의 마법에 모두 흡수했
다.

이렇게 탄생한 것이 바로 '제국 마법', '대륙 마법' 또는 '백
마법'이라 불리는 것이다.

그러나 빛이 있으면 어둠도 있는 법.

마기스탄은 자신들의 체제에 소속되지 않는 마법에 대해 이단
을 선포했으며 흑마법으로 선언했다.

그 결과 수많은 마법학파가 멸망했으며 수없는 마법사가 죽었
다.

그 후 마법은…….

똑똑!

"백작 각하. 칼입니다."

아무래도 오늘의 독서는 여기까지인가 보다.

*　　　*　　　*

"아닙니다, 영주님. 그게 아니에요."

흰 수염을 가슴까지 닿도록 기른 백발노인이 고개를 저었
다. 우스꽝스럽게 큰 모자도 이 노인에게는 더없이 잘 어울렸
다.

이 노인의 이름은 젤만.

영지의 수석마법사였다.

지금 아이란은 젤만에게서 마법에 대한 강의를 듣고 마법을 쓰는 법을 배우는 중이었다.

마법의 기원에 대해 읽고 흥미도 생겼거니와, 무공과 조화를 시킬 수 있을지 알아보기 위해서였다.

"심장에 위치한 매지카 홀에서 오로라를 끌어올려 주변에 퍼뜨리는 것을 상상하세요. 그리고 그 퍼뜨린 오로라와 대기 중의 기운을 섞어 자신의 머리 위에서 원(Circle)을 만드십시오. 그리고 그 원을 회전시키며 제가 가르쳐 준 술식을 생각하세요."

중원의 술법과 비슷한 원리였다.

그렇기에 술법을 쓴다는 마음가짐으로 도전했건만 가장 하위마법인 빛의 구(Litht ball)를 소환하는 마법조차 실패했다.

연이은 실패 탓인지 젤만은 아이란을 한심스런 시선으로 바라보았다. 물론 영주인만큼 대놓고 그러진 않았지만 아이란은 느낄 수 있었다.

"자, 다시 말씀드리겠습니다. 이번엔 조금 더 자세히 설명 드리죠. 크흠!"

기침을 한 젤만이 책을 펼쳐 손가락으로 내용을 가리키며 말했다.

"오로라에 대해선 잘 알고 계시지요?"

“기사의 힘이기도 하니까.”

“예, 맞습니다. 오로라는 기의 밀도가 극도로 높아져 하늘에 빛의 장막이 펼쳐지는 것을 뜻하기도 하지만 기사이자 마법사가 사용하는 힘 그 자체를 뜻하기도 하지요.”

아이란이 고개를 끄덕였다.

“이 오로라를 위대한 마도의 법칙인 매지카(Magicka)에 따라 사용하면 그것이 마법이 됩니다. 그렇기에 마법을 다루기 위해선 매지카의 본질을 이해하고 체계를 깨달아야 합니다. 매지카란 세상의 진리를 뜻하며 그 체계를 깨닫는다는 것은 세상의 법칙을 이해하고 다룰 수 있다는 뜻입니다.”

“알아들었네.”

“매지카의 체계를 이해하고 매지카 홀을 형성할 준비가 되었으면 이것이 바로 1랭크입니다. 이 단계에서도 단순한 하위의 마법은 사용할 수 있습니다. 그러기 위해서 필요한 것은 자신의 몸과 매지카를 이어주는 혼령과 심장에 위치한 매지카홀이지요.”

크흠, 젤만이 기침을 하며 숨을 가다듬었다.

“순수한 영혼을 가진 사람이라면 매지카 홀에 대해 깨닫고 형성하겠다고 마음을 먹을 시 누구나 매지카 홀이 형성됩니다. 이것은 영웅도 악당도, 거지와 같은 천민도, 농사를 짓는 평민도, 고귀한 귀족과 왕족도 다를 바 없는 것입니다. 그저 순수한 영혼이기만 하면 됩니다. 마법은 그 누구에게나 평등

합니다. 이 세계의 몇 되지 않는 평등 중 하나이죠."

'물론 천민과 평민은 마법을 배울 기회조차 없어 아예 모르고 살아가기도 합니다만' 하고 젤만이 덧붙였다.

"그렇게 매지카 홀을 형성해 그 안에 오로라를 저장, 필요할 때 꺼내 사용할 수 있는 단계가 바로 2단계입니다. 요상하게도 백작 각하는 매지카 홀이 활성화되어 있더군요. 즉 현재 백작 각하의 단계이지요."

마신강림공에 의해 중단전이 어느 정도 활성화된 것을 말하는 것이리라.

어쨌든 젤만이 그런데 왜 못 하냐는 눈빛을 보냈다. 그는 말을 이었다.

"이것이 바로 마구스의 기본입니다. 이후 3랭크는 굳이 매지카 홀의 오로라와 섞지 않아도 외부의 기운을 움직일 수 있는 단계. 4단계는 외부의 기운과 자신의 기운을 완전히 합일, 시너지 효과를 일으켜 마법을 구현할 수 있는 단계입니다. 바로 현재 저의 경지이지요."

이해하셨습니까? 라는 눈빛을 젤만이 보내온다.

"그 위 5랭크는 매지카를 통해 자신의 길을 깨달은 자들입니다. 이때 세상 사람들은 존경의 의미를 담아 그 마법사를 '그랑 마구스(Grand magus)'라고 부르지요. 마구스와 벨라토르는 궤가 다르지만 굳이 비교를 하자면 6랭크의 벨라토르와 동급이라고 할 수 있습니다."

"알고 있네."

6랭크의 벨라토르라면 하이어 리히트(higher Licht), 강기(罡氣)를 사용할 수 있는 자였다.

검기인 리히트를 다루는 것만으로 정병 일백을 넘게 상대 가능한데, 강기는 어떠하랴?

강기를 다룰 수 있다면 혼자 힘으로도 정병 천을 능히 상대할 수 있을 정도다.

중원무림에서도 강기를 사용할 수 있는 자들이 한 세대에 오십이 넘지 않는다.

그런 것을 볼 때 6랭크의 벨라토르는 대단한 경지였다.

그와 동급인 그랑 마구스 역시 마찬가지고.

"크흠! 그다음 궁극의 경지라고 할 수 있는 6랭크의 매지카를 자신의 완전한 합일을 위해 걸어가는 자라고 합니다. 한 세대에 다섯을 넘지 않는 진정한 초인(超人)이지요. 이들은 7랭크의 벨라토르와 동급이라 불리우지만 범용성과 살상성 면에선 그들을 뛰어넘습니다. 이들이 바로 엘더 마구스(Elder magus)입니다."

설명을 끝낸 젤만은 다시 빛의 구의 술식과 펼치는 법을 설명했다.

그런데도 아이란은 펼치지 못했다.

그 후 몇 번의 반복을 거친 후 결국 젤만은 한숨을 내쉬며 말했다.

"술식은 다 이해하셨지요? 가장 하위마법인 빛의 구는 심장에 매지카 홀이 없어도 사용할 수 있습니다. 그런데도 마법을 쓸 수 없다니… 이런 말씀드리기엔 죄송하지만 아무래도 영주님은 마법사(魔法士)로서의 자질은 없으신 것 같습니다……."

포기하라는 권고였다.

"오늘은 이만하지요. 내일 마저 하도록 하겠습니다."

지팡이를 비롯해 가져온 책과 도구를 주섬주섬 챙기며 젤만은 일어섰다.

"그래, 고마웠네. 나가보시게."

방을 나가기 전 젤만은 잠시 망설이다 아이란에게 말했다.

"영주님, 한 가지 직언을 올리자면 자신이 가진 것에 만족하고 더욱 실력을 쌓는 것을 추천드립니다."

젤만이 방을 나서자 아이란은 소파에 드러누웠다.

진자겸의 기억을 각성한 후 아이란은 중원과 비교해 보기 위해 여러 가지를 배우는 중이었다. 검술이야 아이란의 기억에 있기에 그렇다 치고 진자겸의 기억으로 보면 마법은 신기한 요술이었다.

꼭 배워보고 싶었지만 아무래도 이 몸뚱이가 도와주지 않는다. 벨라토르라면 몰라도 마구스가 되기엔 아이란의 몸뚱이는 재능이 없었다.

'아니, 정말 마구스가 되기에 재능이 없는 것일까? 세상은 등가교환이라고 어느 마법사가 말했지. 그렇다면 진자겸의 기억을 얻은 대신 마법을 잃은 것은 아닐까?

소파에 누운 채 아이란은 창밖을 통해 세상을 바라보았다.

푸른 하늘과 흰 구름이 떠다니는 평온한 하늘.

"피식."

아이란은 웃음이 나왔다.

이 세계, 평화로워 보인다.

그러나 세계는 치열함의 연속이다.

맹수를 피해 도망 다니는 동물과 같은 자연에서부터 지배자에게 착취당하는 서민과 같은 인간의 삶까지.

치열함이다.

지금 아이란 역시 그 치열함의 한가운데 있지 않은가?

계모와 배다른 동생은 자신의 자리를 차지하기 위해 그의 목을 노리고 있었다.

이것이 치열하지 않다면 어떤 것이 치열하겠는가?

푸르른 하늘과 흰 구름이 흘러가는 평화.

저 오롯한 평화와 여유를 쟁취하기 위해 아이란은 싸울 것이다.

저 평화를 가로막는 적에게 파멸을 내려서라도 아이란은 쟁취할 것이다.

*　　　*　　　*

“아버지, 무언가 이상해요.”

“나도 그렇게 생각한다.”

루디아의 방 안, 루디아는 야로스 자작과 통신을 하고 있었다.

“살라닌 꽃의 향기를 맡고서도 두 달이나 지났는데 아직까지 멀쩡하다니. 벌써 피를 토해도 두 번은 토했을 시간이라구요.”

살라닌 꽃은 아이란이 환본신공으로 오로라를 늘리는 데 지대한 도움이 되었다. 그러나 이 둘이 그것을 알 수 있을 리가 없었다.

“허참! 혹시 신관이라도 다녀갔더냐?”

“아버지도 아시잖아요. 그락서스의 신관이 누구인지. 바로 그 돼지 같은 작자, 말폰스 대신관이잖아요.”

“그렇지. 그 신성은 쥐꼬리만도 없는 그 작자.”

말폰스는 그락서스 백작령의 모든 신전을 총괄 관리하는 교국의 대신관이었다. 그러나 그는 신성력은 쥐꼬리도 없는데다 뇌물과 여자를 무지하게 밝히는 인물이었다.

전대 백작이 멀쩡히 살아 있을 때에도 부인이었던 루디아에게 추파를 보낸 것을 생각하면 위인도 이런 위인이 없었다.

어쨌든 그는 야로스 자작에게 포섭되었다.

“딱 한 번 추수를 시작하는 기원제 때를 제외하고 그는 백작가에 들리지도 않았어요. 그 휘하 신관들 역시 마찬가지구요."

"그것참, 알 수 없구나."

그들이 아무리 머리를 굴려봤자 답을 찾아내는 것은 불가능에 가까웠다.

"혹시 백작에게 뭔가 숨겨둔 끈이라도 있는 것일까요?"

숨겨진 끈.

그것에 생각이 미친 야로스 자작은 그럴 수도 있다며 고개를 끄덕였다.

유구한 역사의 그락서스 백작가이다.

어둠 속에서 활동하는 조직이 없을 리 없다.

어둠 속에서 활동하는 만큼 그들의 구성원 중 독에 대해 잘 아는 이가 있을 수 있고, 그로부터 도움을 받았을 것이다. 그렇게 생각한다면 이해하지 못할 바가 아니었다.

"그럼 이제 독 종류는 사용치 못하겠구나."

"예, 이제 식사 때에 독을 넣는 것도 멈추어야겠어요."

아이란이 들었다면 섭섭해할 소식이었다.

"그래야겠지."

"그리고 뮤톤 백작령에서 사신이 왔었어요."

"나도 거기까진 알고 있단다. 혹 사신이 어떠한 말을 했는지 아느냐?"

"그게, 백작과 독대를 해서 하인들을 통해 알아낼 수 있는 방법도 없어요."

뮤톤 백작령의 사신.

중요한 변수이다.

크란에게 유리하게 바뀐 판세를 바꿔놓을 수도 있었다.

"어쨌든 이제 길어야 두 달이다. 조금만 참거라. 내년 파종을 하기 전, 내 손자를 기필코 백작령의 지배자로 만들어주마."

"그게 가능할까요? 조금 더 준비를 철저히 해야 하지 않겠어요?"

"이미 만약의 상황에 군을 일으키는 것은 다른 봉신들과도 다 이야기를 마쳐뒀다. 너는 걱정하지 말거라."

그 이야기에 루디아의 얼굴이 밝아졌다.

"감사해요, 아버지."

"뭘, 이게 나 좋자고 하는 일이냐? 다 내 손주를 위한 일이 아니냐?"

"그래두요."

"허허, 난 괜찮다. 이런, 벌써 시간이 이렇게 됐구나. 이만 통신을 꺼야겠다."

"예. 들어가세요, 아버지."

두 사람의 통신은 이렇게 끝을 맺었다.

*　　*　　*

날카로운 백색 검신이 무시무시하게 떨어졌다.

사람 하나는 거뜬히 두 쪽으로 만들 무서운 기세였다.

깡!

그러나 은색 검신은 여유롭게 백색 검신을 올려쳐 막았다. 그리고는 그대로 백색 검신을 쥔 사내의 목으로 찔러 들어갔다.

그렇지만 백색 검신의 사내, 아이란은 쉽게 당할 인물이 아니었다.

그는 부드럽게 검을 회수해 찔러오는 검을 막아냈다. 그리고 막은 즉시 악룡대조의 초식을 이용, 눈앞의 적 발론 자작을 베었다.

"크윽!"

아이란의 검에 담긴 그 날카로운 힘에 방어한 발론 자작이 신음을 흘렸다.

한 번의 베기였지만 세 번의 베기였다.

두 번까지는 막아냈지만 세 번째 베기는 막지 못했다. 다행히 강철 건틀릿 쪽에 맞아 튕겨낼 수 있었다.

언뜻 보기엔 아이란이 유리한 상황이다. 그러나 언제까지 발론 자작이 당하고만 있으리란 법도 없다.

한 기사단의 수장답게 그는 강하다.

"하압!"

발론 자작이 혼신의 힘을 다해 검술을 펼쳤다. 그 속에 담긴 힘은 아이란도 정면으론 감당하기 힘들 정도다.

이럴 때 필요한 것이 바로 무공.

힘을 쓰는 법이다.

아이란은 발론 자작의 강대한 힘을 흘려내며 막아갔다.

"실력이 많이 느셨군요."

몰라보게 강해졌다.

아마 그 사건 이후 열심히 수련을 한 것이겠지.

발론 자작은 아이란이 강해진 것에 뿌듯함과 동시에 죄책감을 느꼈다.

자신들이 지키지 못했기에 주인은 스스로 강해지려 한다.

그 말을 바꿔 말하자면 주인의 검인 자신들을 못 믿는 것이다.

그때 아이란의 눈동자와 마주쳤다.

'너의 잘못이 아니다.'

아이란의 눈동자는 그렇게 말하고 있는 것 같았다.

발론 자작의 마음이 한결 가벼워졌다.

"아직 여유가 있으신 것 같으니 더 세게 가겠습니다."

말이 끝나기가 무섭게 발론 자작의 검이 한층 더 빨라지고 강해졌다.

조금 전, 아이란을 얕보던 마음은 이미 오래전 사라진 발론 자작이다.

"하압!"

기합까지 넣은 발론 자작이었다. 그에 아이란은 초식을 하나 더 개방했다.

쉬이익—!

무서운 찌르기.

바로 탐욕스러운 코뿔소의 찌르기, 탐서충각이었다.

그 안에 담긴 위력을 발론 자작은 알아보았다.

그리고 환호했다.

우리들의 주인이 이렇게 강해졌다!

조금 전과는 다르게 순수하게 기뻐하는 마음만이 남았다.

그리고 그 기쁨은 발론 자작에게도 힘이 되었다.

쾅—!

거센 충돌음이 장내에 울려 퍼졌다.

방금 전은 무승부다.

서로 몇 걸음 떨어졌다.

둘의 대결을 지켜보던 기사들이 깜짝 놀랄 정도였다.

"제가 잘못 말했습니다. 많이 느신 정도로는 부족하군요. 엄청 강해지셨습니다."

"과찬일세."

"그럼 저도 최선을 다하겠습니다!"

아이란과 발론 자작은 서로 검을 겨누고 있었다.

조금 전과 달라진 게 있다면 발론 자작의 검에 푸른빛이 씌워져 있다는 것.

바로 리히트(Licht).

정확히는 리히트 오로라(Licht aurora)라고 한다.

체내 포스 탱크에 저장되어 있는 오로라를 유형화시켜 자신의 무기 등에 담아내는 것을 뜻하는데 숙련된 기사만이 사용할 수 있었다.

그리고 이 리히트 오로라를 사용할 수 있는 것이 바로 벨라토르 5랭크의 기준이었다.

"제가 대련에 이 리히트를 사용한 상대는 영지에서 부기사단장을 제외하고 백작 각하가 처음입니다."

"그렇군."

"더 하시겠습니까?"

"물론."

"그럼 가겠습니다!"

현재 아이란이 사용하고 있는 것은 백작의 상징이자 가문의 보물, '펜리르의 송곳니 '이다.

리히트 정도로는 흠집조차 나지 않기에 발론 자작은 리히트를 거리낌 없이 사용했다.

쾅!

콰쾅!

이젠 검과 검이 부딪칠 때마다 폭음이 울려 퍼졌다.

리히트에 감싸인 발론 자작의 검과 충돌했지만 펜리르의

송곳니는 역시 흠집조차 나지 않았다.

그렇기에 발론 자작은 온전한 실력을 발휘할 수 있었고 그 것은 아이란에게 큰 도움이 되었다.

아이란은 대련이 계속될수록 진자겸의 실전 기억에 익숙 해졌다. 그것은 전반적으로 아이란의 실력을 쑥쑥 키워주었 다.

"하!"

아이란은 다양한 검을 펼쳐냈다.

십전마신강은 아직 오로라가 부족해 온전히 다루지 못하 지만, 진자겸의 기억 속에 잠들어 있는 수많은 검술이 떠올랐 다.

그 검술들은 실전 기억과 합쳐 끌어 올려져 지금 이 순간 더없는 활약을 하고 있었다.

결국 그날 아이란과 발론 자작은 한 시간이 넘게 대련을 진 행했고 둘 다 뻗고 말았다.

그 다음 날, 둘은 다시 대련을 펼쳤고 영지의 기사들은 그 들을 존경 어린 시선으로 바라봤다.

아이란의 실력은 정체가 없이 계속 커져갔다.

그리고 그것을 바라보는 한 시선이 있었다.

*　　　*　　　*

"제길!"

쨍그랑!

아무렇게나 내던진 검이 바닥을 뒹굴었다.

"그 자식을……! 그 자식을 뛰어넘어야 한단 말이야!"

목소리의 주인은 바닥에 뒹구는 검을 잡아챘다. 그리고 아무렇게나 허공에 휘둘렀다.

"으아아아아아!!"

고함을 지르며 마구잡이 칼질을 하는 이.

그는 바로 아이란 그락서스의 동생 크란 그락서스였다.

끼릭!

"무, 무슨 일이신가요 공자… 꺄악!"

크란의 고함 소리에 놀라 달려온 하녀가 검날에 뺨이 베였다.

생채기 수준이 아니다. 깊게 들어간 칼날이다.

그로 인해 붉은 피가 뺨을 타고 흘러 내렸다.

크란은 그것을 멍하니 바라보았다.

"공, 공자님……?"

하녀가 피가 흐르는 자신의 뺨을 부여잡은 채 그녀를 바라보는 크란을 불안하게 쳐다봤다.

그녀의 떨리는 시선과 크란의 약간 멍한 듯한 시선이 마주쳤다.

"치워요."

"…예?"

"치우라구요."

"무, 무슨 말씀이신지……."

탁!

크란이 뺨을 부여잡고 있는 그녀의 손을 쳐냈다.

그로 인해 피범벅이 된 뺨이 고스란히 드러났다.

"아름답군요."

덜덜.

하녀의 몸이 쉴 새 없이 떨렸다.

평소 성의 고용인들에게도 예의를 갖추던 그 친절한 공자
는 이곳에 없었다.

폭군!

작은 폭군이, 아니, 이 순간 하녀에겐 그 누구보다 커 보이
는 폭군이 자리하고 있다.

극한의 두려움이 그녀를 먹어치웠다.

주르륵.

그녀의 몸에서 나온 분비물이 치마를 적시고 바닥에 고였
다.

그러나 크란은 전혀 신경 쓸 기색이 아니었다.

할짝.

크란이 그녀의 뺨을 핥았다.

쇠의 서늘한 맛이 혀를 타고 뇌까지 전달된다.

그것에서 크란은 쾌감을 느꼈다.

"공, 공자님… 흐윽, 흐으으윽!"

하녀의 울음소리에 멍하던 크란의 눈빛이 돌아왔다.

"조용하세요."

"끄윽, 끅, 끅."

필사적으로 울음을 그치려는 하녀.

크란은 자신의 책상으로 가 유리병 하나의 마개를 개봉했다. 그리고 안의 액체를 하녀의 뺨에 쏟았다.

치이이익!

하얀 연기가 일어나며 뺨의 상처가 순식간에 사라졌다.

"나가보세요."

"흐윽……."

하녀가 덜덜 거리며 일어섰다.

"말하지 않아도 알고 있겠죠?"

입에 자물쇠를 걸라는 소리다.

하녀는 고개를 몇 번이나 끄덕였다.

"믿겠습니다."

그녀가 나가자 크란은 머리를 부여 쥐었다.

"제기랄."

피를 핥다니.

이 무슨 미친 짓인가.

지금 생각해도 자신이 그런 행동을 했다는 것이 이해되지 않았다.

그동안 검을 휘두르며 쌓인 분노와 스트레스를 풀었지만 이런 적은 처음이다.

아직도 피의 서늘한 맛이 혀에 남아 있었다.

그때, 아직 검에 맺혀 있는 핏방울이 보였다.

할짝!

CHAPTER

4

전술은 간단하다. 적이 어디 있는지 알아내고, 가능한 한 신속
히 그에게 다가가라. 최대한 세게 그를 치고, 계속 나아가라.

The art of war is simple enough. Find out where your enemy
is. Get at him as soon as you can. Strike him as hard as you can,
and keep moving on.

—율리시스 S. 그랜트(Ulysses S. Grant)

"백작 각하, 뮤톤 백작령에서 사신이 왔습니다."

"누구지?"

"일전에 찾아왔던 칼힘 남작입니다."

"다른 인물들은? 다른 인물들은 오지 않았나?"

"그게, 숙녀 한 분과 함께 오셨습니다."

"메리아로군."

"메리아라면……."

"뮤톤 백작의 늦둥이 딸."

메리아 뮤톤.

그락서스 백작령과 경계를 맞대고 있는 뮤톤 백작령의 주인 말라카 뮤톤의 늦둥이 딸.

아이란 역시 초상화와 함께 칼힘 남작의 말을 통해서만 아는 사이였다.

그 이상은 몰랐다.

"그렇다면 혹시 제가 생각하는 그것이 맞는지요?"

"그대가 생각하는 것이 정략혼이 맞다면, 맞다고 대답해주지."

"역시 그것이었군요."

정략혼.

이 시대를 살아가고 있는 권력자들에게 있어 정략혼은 특별한 것이 아니었다.

그저 일상에 흐르는 무수히 많은 평범한 일 중 하나였다.

"저번 칼힘 남작과 독대하였을 때, 내게 초상화를 보여주면서 넌지시 떠보더군."

"그래서 어떻게 말하셨습니까?"

아이란은 그때의 기억이 떠올랐는지 눈살을 찌푸렸다.

"싫다고 했다."

"왜 거절하셨습니까? 뮤톤 백작령과의 혼인이라면 아주 좋은 기회인데 말입니다. 그들이 합류한다면 야로스 자작 일파는 대항함을 꿈도 꾸지 못할 것입니다."

"내가 싫었다. 더 이상 이유가 필요한가?"

아이란이 딱 잘라 말했다. 칼은 고개를 저었다.

"이곳은 각하의 대지. 각하의 의지가 그 무엇보다 중요한 곳. 각하의 의지에 이유 따윈 필요치 않습니다."

칼의 말에 아이란이 피식 웃었다.

"그래 봤자 절반쯤은 딴 놈이 차지하고 있잖은가."

"그 모두가 각하의 영토란 사실은 변치 않습니다."

워낙 단호하게 말했기에 아이란으로선 웃음이 나올 뿐이다.

이런 부하가 있다는 것은 기분이 좋은 일이다.

"그녀의 소개를 마치 개와 돼지를 파는 것처럼 말하더구나. 상인과 같았지."

"단지 그것뿐이십니까?"

"이 땅에서 우리끼리 다투는 것은 그락서스라는 테두리 안에서 만의 일일 뿐이다. 그렇지만 뮤톤이라는 이들이 끼어들면 더 이상 그락서스뿐만의 일이 아니게 되지."

"그렇지요."

"어쨌든 들여보내도록. 이곳까지 왔는데 얼굴은 비춰줘야 되지 않겠나."

칼이 방문을 열고 나갔다. 그가 다시 들어왔을 때엔 두 명의 인물이 달라붙어 있었다.

동글동글한 인상에 동글동글한 몸, 멋들어진 두 갈래 콧수염을 가진 칼힘 남작과 전형적인 대륙인의 증거인 허리까지 오는 금빛 머리칼에 푸른 눈을 가진 여인.

우유와 같은 하얀 피부, 작은 얼굴과 가지런한 눈썹, 붉은 입술, 홍조 띤 볼, 푸름을 넘어 시릴 정도의 푸른 눈동자.

미인의 조건을 두루 갖춘 여인, 이 여인이 메리아 뮤톤이다.

"오랜만에 뵙습니다, 백작 각하."

칼힘 남작이 깊게 읍했다.

"오랜만이군, 남작. 그동안 잘 지냈나?"

"예. 백작 각하의 염려 덕분에 무척 평안하게 보냈습니다."

"그렇담 다행이군. 그 옆의 숙녀 분은 누구시지?"

아이란과 메리아의 눈이 부딪쳤다.

메리아가 도발적으로 눈을 치켜뜬 채 아이란을 바라봤다.

건방져 보이기도 하지만 그 모습이 상당히 아름다웠다.

물론 아이란에겐 아름답긴 하지만 딱 그뿐.

그 이상도 이하도 아니다.

"처음 뵙겠어요. 메리아 뮤톤이에요."

"나도 처음 뵙겠소. 아이란 그락서스요."

"허허, 메리아 공녀는 바로 저희 말라카 백작님의 막내딸이십니다. 영주님의 사랑을 독차지 하시는 분이지요."

칼힘 남작이 메리아의 칭찬을 늘어놓았다.

메리아의 얼굴이 붉어졌다.

부끄러워하는 모습이다.

어떤 남자든 호감을 꺼내게 만드는 기술이다. 그러나 아이란은 호감 대신 다른 것을 느꼈다.

'이 여자, 루디아와 같군.'

자신이 여인인 것을 이용할 줄 안다.

"그런데 이곳엔 무슨 일이지?"

칼힘 남작이 그 질문에 품에서 편지를 꺼냈다. 밀랍에 뮤톤 백작가의 문장을 찍어 봉인한 편지.

아이란은 봉인을 뜯어 편지를 읽었다.

─친애하는 아이란 그락서스 백작 친전.

귀공과 귀공의 가문에 무궁한 영광과 발전을 기원합니다.

오랜만입니다, 그락서스 백작. 그동안 잘 지내셨는지요.

본인은 그동안 왕도에서 국왕 전하를 뵙고 우리 북부의 권위를 위해 노력했습니다.

그런 제 노력이 통했는지 국왕 전하께서도 북부에 대해 관심을 가지시더군요.

한 가지 염려스러운 것은 국왕 전하의 건강입니다.

연로하신데다 최근 몇 차례 병을 앓으셨다는군요. 갑작스레 붕어하시지는 않을지 걱정이 됩니다.

귀공께서도 갑작스러운 상황을 미리 준비하시길 바랍니다.

그렇게 바쁘게 시간을 보내다 간만에 여유가 생겨 편지 한 장

없는 귀공의 무심함에 본인의 사람들을 다시 보냅니다.

물론 귀공에게도 많은 일이 있으셨을 것이라 생각합니다. 편지 한 장 쓸 시간조차 없을 수도 있지요.

그러나 우리의 우정에 편지 한 장 없다는 건 참으로 섭섭합니다.

지금쯤이면 보셨겠지요?

이름은 메리아, 본인의 여식입니다.

어떻습니까?

참으로 아름답지 않습니까?

본인의 여식이라서 하는 말이 아니라, 왕도의 공주님도 제 딸보다 아름답지 않았습니다.

어떻습니까?

마음에 드시지 않습니까?

귀공께서 원하신다면 저는 제 여식을 귀공께 드릴 수 있습니다.

물론 사람 사이의 감정이라는 것이 그리 쉽게 생기는 법도 아니지요.

그렇지만 그리 어렵게 생기지도 않습니다.

서로 같은 침대에서 살을 맞대고 살며 모르는 것을 알아가는 재미도 있지 않겠습니까?

한번 잘 생각해……

여기까지 읽은 아이란이 편지를 접었다. 더 이상 읽을 가치도 없어 보였다.

이 편지에서 건질 수 있는 건 국왕에 관한 소식뿐이다.

칼힘 남작이 기대감을 품고 아이란을 바라보고 있다.

"뮤톤 백작께선 내게 관심이 많으시군."

"그야 앞날이 창창하신 젊은 귀족이 이웃에 홀몸으로 계시니 그런 것이 아니겠습니까?"

"앞날이 창창하다라……."

웃음이 나온다.

이들이 그락서스의 상황을 몰라서 하는 말일까?

"오느라 수고 많았네. 공녀께서도 수고 많으셨소. 후에 저녁 식사를 할 때 초대를 할 터이니 그때까지 방에서 쉬도록 하시오. 칼, 이분들께 방을 안내하라."

칼힘 남작과 메리아가 방을 나갔다.

"아직까진 내 가치가 더 높다 이것인가? 만일 내가 계속 거절한다면 크란 쪽에 손을 대겠군."

*　　*　　*

"백작께선 제가 마음에 드시지 않나요?"

이튿날, 점심 식사 후 성의 정원을 함께 산책하던 중 메리아가 멈춰 서며 말을 꺼냈다.

아이란은 그러거나 말거나 계속 걸음을 걸었다.

결국 메리아로서는 남겨지지 않기 위해 다시 걸을 수밖에 없었다.

"다시 물을게요. 제가 마음에 드시지 않나요?"

"당신은 아름다운 여인이오."

메리아의 얼굴이 밝아졌다.

"그러나 아름다움과 마음은 별개의 문제지."

밝아졌던 얼굴이 팍 식었다.

"그게 무슨 말이죠?"

"우린 아직 서로를 모르오."

"그럼 이제부터 알아가면 되죠."

"그럴 시간이 있을까?"

"시간이야 만들면 되는 것 아닌가요?"

아이란이 고개를 저었다.

"내 시간은 무한하지 않소. 또 아직은 결혼을 할 생각도 없지."

"결혼이 싫다면 약혼은 어떤가요?"

"결혼을 할 마음이 없는데 약혼은 무슨 소용일까. 단언컨대 내 마음엔 당신에 관한 것이 단 하나도 없소. 내 한 가지 충고를 드리자면 그대의 결혼 상대를 찾는 것이라면 나를 제외한 다른 이들 중에 찾는 것이 빠를 것이오. 이 말은 그대의 부친이신 말라카 백작께도 전해주시오."

메리아가 우뚝 섰다.

아이란은 고개를 돌리고 있어 보질 못하지만 그녀는 입술을 깨물며 아이란을 노려보고 있었다.

그 흉흉한 기세는 정원의 꽃들이 덜덜 떨 정도였다.

'게다가 그대는 내 취향이 아니기도 하고.'

마지막 말은 속으로 삼킨 채 아이란은 메리아에게서 멀어졌다.

사실 메리아는 이용하고자 한다면 정말 좋은 이용 대상이다.

정치적으로도 그 가치는 엄청나다고 할 수 있었다.

그녀와 혼인을 한다면 북부에서도 손꼽히는 영주인 뮤톤 백작의 힘을 얻을 수 있었다.

당장에 결혼을 하지 않더라도 약혼을 한다는 뉘앙스만 풍겨도 뮤톤 백작이 크란과 결합하는 것을 막을 수 있었다.

그렇지만 아이란은 거절했다.

그것이 독이 될지 득이 될지는 아무도 모른다.

추후 이 문제가 다시 등장했을 때 득이 되었는지 실이 되었는지 알 수 있을 것이다.

다음 날 메리아와 칼힘 남작이 돌아갔다.

*　　　*　　　*

아이란이 한참 서류와 씨름을 하고 있을 때 젤만이 찾아왔다.

"토벌 전 부탁하신 물건이 완성되어 직접 가지고 왔습니다."

토벌 전?

그때는 진자겸과 합일을 이루기 전.

아이란이 기억을 되살렸다.

'아아, 그때인가.'

확실히, 토벌 한 달 전 아이란은 젤만에게 한 가지 부탁을 했었다.

그 부탁 때문에 오늘 젤만이 찾아온 것이다.

"이런. 말을 했으면 하인을 보낼 것을."

"아닙니다. 할 일도 없는 늙은이가 심심하여 마실을 나온 것이라 생각하시지요."

젤만이 조그마한 목갑을 건네었다.

목갑을 열자 아기의 주먹만 한 구슬 세 개가 들어 있었다. 하나는 붉었고 다른 둘은 푸르렀다.

구슬들은 영롱한 빛을 발했는데, 표면에 새겨진 문자가 구슬을 더욱 신비하게 만들었다.

"첫 번째, 붉은 구슬에 오로라를 불어 넣으면 신호가 작동할 것입니다."

좋다.

제대로 만들어졌다.

이것이라면 생각해 둔 것이 충분히 가능할 것이다.

"고맙네. 온 김에 차나 한잔하고 가지. 뮤톤 백작이 선물이라면서 왕도에서 제일 잘나가는 찻잎을 선물로 준 것이 남아 있네."

"호오! 그것이 바로 소문의 킹스 블랜드(King's bland)입니까?"

"빈약한 설명만으로 알아차리다니 대단하군."

"헐헐, 늙으면 아는 것이 많아지는 법이지요."

아이란은 구리로 만들어진 주전자에 물을 가득 램프 위에 올렸다.

램프의 불꽃에 주전자 속 물이 뜨겁게 끓었다.

아이란은 거품이 어느 정도 올라올 정도로 물을 끓인 뒤, 바로 불을 꺼 포트와 찻잔에 따랐다.

두 물건이 예열되자 물을 따라 버린 뒤 포트에 찻잎을 넣었다.

그리고는 다시 끓인 물을 포트에 넣고 뚜껑을 닫았다.

"백작 각하께서 차에 이리도 조예가 깊으신 줄은 몰랐습니다."

"나야 칼이 하는 것을 보고 따라하는 수준에 불과하지. 괜히 좋은 찻잎을 버리는 것인지 모르겠군. 젤만 경에게도 미안하고 말이야."

“저는 백작님께서 손수 끓여주시는 차는 어떤 맛이라도 괜찮습니다.”

이야기를 하는 사이 어느덧 차가 잘 우러났을 타이밍이 되었다.

“이제 되었겠군.”

“기대되는군요.”

아이란이 스트레이너를 걸고 홍차를 따랐다.

붉은 빛깔이 인상적인 홍차가 찻잔에 가득 담겼다.

“다 되었군. 들도록 하게. 과자도 옆에 있으니 사양 말고.”

“잘 마시겠습니다.”

찻잔을 홀쩍인 젤만이 감탄을 터뜨렸다.

“호오! 제가 먹어본 중 이렇게 맛있는 차는 처음입니다.”

“그거 듣기 좋은 칭찬이군. 그러나 그렇게 아부를 해도 떨어지는 것은 없네.”

“저야 이 홍차 몇 잔이면 충분합니다.”

젤만이 슬쩍 미소를 지었다.

아이란은 자신이 우린 차를 홀쩍이면서 말했다.

“야로스 자작 쪽의 움직임이 심상치 않더군.”

“예. 저보고도 언제든 제자들과 함께 성을 떠날 준비를 하라더군요.”

“그렇군.”

둘은 말없이 차를 홀쩍였다.

찻잔이 바닥을 보이기까지 멀지 않았을 때, 젤만이 말했다.

"붙잡지 않으십니까?"

"왜 붙잡아야 하지?"

"지금으로썬 한 사람의 전력이라도 아쉬울 때 아닙니까?"

"그러면 내가 물어보지. 자네는 내 사람인가? 아니면 야로스의 사람인가?"

"저야 그락서스의 사람입니다."

"말을 잘못했군. 나, 아이란의 사람인가? 크란의 사람인가?"

젤만은 한 치의 고민도 없이 대답했다.

"제가 생각하기에 이길 것 같은 쪽이 제 편입니다."

"좋군."

둘은 다시 차를 홀짝였다.

"잘 마셨습니다."

"그럼 이제 가보도록."

"예."

젤만이 방을 나가자 아이란은 칼을 불렀다.

"부르셨습니까?"

"이 상자 속 푸른 구슬들을 내가 써줄 편지와 함께 각각의 둥지로 보내도록 하게."

"예."

아이란은 즉석에서 양피지 두 장을 꺼내 깃펜으로 슥슥 긁은 후 밀랍으로 봉인하여 칼에게 건네었다.

"말하지 않아도 가장 믿을 만한 사람들을 시켜야 한다는 것은 잘 알고 있겠지?"

"이를 말입니까."

"좋아. 자네를 믿지."

*   *   *

"오로라가 무서울 정도로 쌓이는구나."

아이란이 깨어난 지 어느덧 반년.

오늘도 아이란은 새벽녘에 깨어나 마신강림공을 운용했다.

언제나와 같이 바람처럼 유형화된 기가 아이란의 전신 모공에 빨려 들어왔다.

기들은 오로라가 되어 아이란의 세포 하나하나를 튼실히 채웠다.

덕분에 아이란은 그 기간 동안 벌써 오 년분의 내공을 모았다.

만일 강호의 이들이 이 사실을 안다면 놀라 자빠질 것이 틀림없으리라.

'지금의 속도라면 진자겸으로서의 경지도 멀지 않았다.'

똑똑.

“누군가?”

“백작 각하, 칼입니다.”

“들어오도록.”

가부좌를 풀며 말했다.

“무슨 일이지?”

“그들에게서 연락이 왔습니다.”

“뭐라고 하지?”

“이제 곧 실행이 될 것이라더군요. 주의하시랍니다.”

결국 때가 된 것인가.

“구름이 끼겠구나. 붉은 구름이…….”

“그 붉은 구름은 하늘을 뒤덮을 것입니다.”

의미심장한 말이다.

“배신한 가신들은 어떻게 할까요?”

“놔두게.”

“하지만 그들은 우리를 배신…….”

“그래도 놔두게.”

칼이 고개를 숙였다.

“예.”

“그들은 그락서스의 사람이다. 그들은 승리한 자의 편에
붙겠지. 만약 중립을 지키지 않고 크란 쪽에 붙는다면 우리가
이기고 난 후 그들을 벌한다.”

　　　　＊　　　＊　　　＊

며칠 후, 언제나 같은 일상.

아이란은 연공을 하며 아침을 시작했다.

똑똑.

"백작 각하, 칼입니다."

벌써 아침 보고를 받을 시간인가.

아이란은 가부좌를 풀며 칼에게 들어오라고 했다.

들어오는 칼의 표정이 굳어 있었다.

"올 것이 왔나 보군."

"큰일입니다. 오늘 아침 지급으로 들어온 보고에 따르면 야로스와 베르만, 르아닌 영지에서 영지의 경계에 영지병을 배치했다고 합니다."

"……!"

"그것뿐만이 아닙니다. 대부인과 크란 도련님이 사라지셨으며 영지 기사와 영지병이 다수 이탈하였습니다. 관리 대부분은 오늘 등청하지 않았으며 마법사들은 아예 한 명도 보이지 않습니다."

'젤만, 그대는 누구의 편인가.'

젤만이 했던 이야기가 떠오른다.

야로스 자작이 준비하라고 했다던 말.

결국 실행에 옮겼구나. 드디어 시작된 것인가!

피가 강이 되어 흐를 순간이 다가왔다!

이 그락서스를 다스리는 군주, 백작이라는 작위를 빼앗기 위해 탐욕의 칼날이 다가오고 있다.

아마 반년이 되도록 내가 독에 아무런 이상을 보이지 않아 몸이 달아올랐겠지. 그리고 충분히 이길 수 있으리라 생각했을 것이고.

새삼스레 배신감 따위는 느끼지 않는다.

그런 것을 느끼기에 아이란은 그렇게 순수하지 않았다.

사람은 각자 자신의 이득을 위해 살아간다. 사람들을 붙잡고 싶으면 더욱 많은 이득을 주면 끝이다.

떠난 이들은 아이란보다 그들이 더한 이득을 주니 떠난 것뿐.

그렇지만 자신을 떠난 대가는 혹독하다.

"남아 있는 병력은 누가 있지?"

"검은 매 기사단원 총원 육십 중 서른 정도가 남았습니다. 영지병은 총원 일천오백 중 일천 정도가 남았지만, 그중 이백은 아낙 산맥의 경계와 각 영지 사이 경계를 서고 팔백이 남았습니다."

발론 자작이 경례를 올리며 답했다.

"관리들은?"

"예, 옙! 청… 청장님과 대부분의 상급 관리는 등청하지 않았습니다만 하… 하급 관리는 꽤 남았습니다."

아이란과 시선이 마주친 부청장 말론이 시선을 피해 덜덜 떨었다.

"적의 수는 얼마 정도인가?"

적.

그들은 이제 아군이 아니다.

아이란이 그리 칭한 순간부터 이제 전쟁은 시작되었다. 그 것을 알기에 모두의 더욱 얼굴이 굳어졌다.

정보를 담당하는 칼이 보고했다.

"야로스 방면은 일천, 베르만 육백, 르아닌 사백이라고 합 니다."

합이 이천.

만만치 않은 숫자이다.

"용병들의 수배는 가능한가?"

칼이 설레설레 고개를 저었다.

"그 누구보다 소식에 정통한 이들입니다. 아마 대부분 야 로스 자작 쪽에 붙었겠지요. 설혹 계약할 이들이 있다고 해도 몸값이 상당히 뛰었을……."

"상관없네. 수배할 수 있는 데까지 수배해 보도록 하게."

"알겠습니다."

"그리고 지금 당장 영지회를 소집하도록."

＊　　＊　　＊

“지급으로 들어온 보고입니다. 그들이 경계를 넘었다고 합
니다.”

쾅!

“지금 당장 야로스 자작의 영지로 쳐들어가 반란을 일으킨
수괴의 목을 베어야 합니다! 이미 전쟁은 시작되었습니다! 전
쟁에선 절대 상대에게 끌려가면 안 됩니다! 우리가 상대를 끌
고 가야 합니다!”

탁자가 지진이 난 듯 흔들렸다. 발론 자작이 주먹으로 내려
치며 열변을 토한 탓이었다.

평상시라면 무례하다며 눈살을 찌푸릴 행동이다.

그러나 지금 이 순간 아무도 무어라 하는 사람이 없다.

발론 자작과 같은 마음인 사람도 있거니와 그렇지 않아도
발론 자작의 마음을 이해하고 있기 때문.

“그렇지만 적의 수는 거의 세 배에 달합니다. 지금 용병들
을 수배한다고 해도 그래 봤자 얼마 되지도 않을 터. 우리의
병력은 수성을 위해서도 모자랍니다.”

“수성만 한다면 이길 수 없습니다!”

“그렇다고 무리한 공격은 패배를 부를 뿐입니다.”

“공격이야말로 최선의 방어입니다!”

발론 자작의 공세를 가하자는 의견에 반박을 가하는 이는
칼이었다.

그는 백작가를 총괄하는 집사이자 총관이면서 정보부를 책임지는 책임자답게 그 누구보다 냉철하게 이 상황을 바라보았다.

"수성으로 어떻게 이길 수 있단 말입니까? 만약 적들이 포위하면 물자를 들여오는 것도 어렵습니다. 전시를 대비해 석 달분의 물자를 쌓아두긴 했지만 그 후에는 어떻게 할 것입니까!"

"그 석 달을 버티며 왕가에 중재를 요청하는 것은 생각해 보지 않으십니까?"

"중재? 지금 이 상황에서 중재가 가능하리라 보십니까? 설혹 중재가 가능하다 해도 왕가에 지불할 대가는? 땅덩어리가 반쪽이 된 우리의 입장에서 가능하다고 보십니까?"

"그들도 북부의 상황이 혼란스러운 것은 원치 않을 것입니다."

"모든 것은 때가 있는 법입니다! 지금 이 시간에도 적들의 군홧발에 우리의 대지가 짓밟혀지고 있습니다!"

"그렇기에 더욱 심사숙고하여 장고에 장고를 더해 결정해야 하는 겁니다."

답답하다는 듯 발론 자작이 자신의 가슴을 쾅쾅 쳤다.

"백작 각하! 백작 각하의 생각은 어떠십니까?"

발론 자작이 아이란을 뜨겁게 바라보았다.

그 눈빛엔 동조를 바라는 마음이 담겨 있었다.

“발론 자작의 말이 맞다.”

발론 자작의 표정이 밝아졌다. 그와 반대로 칼의 얼굴이 무겁게 가라앉았다.

“그리고 칼의 말 역시 틀리지 않았지.”

이번엔 그 반대다.

“둘의 의견은 모두 틀리지 않았다. 다를 뿐이지.”

아이란의 목소리는 둘에 비하면 낮았지만 회의장 속 누구의 귀에도 똑똑히 들렸다.

“우선 모두에게 내가 사과를 해야겠군.”

회의장에 있던 모두의 얼굴이 굳었다.

“내가 백작 위에 올라섰음에도 저들이 나를 인정치 못하고 다툼을 이렇게까지 끌고 온 것은 내 책임이다.”

아이란이 모두에게 고개를 숙였다.

지배자의 목은 무겁다.

쉽게 숙여지지 않는 법이다.

“전대 백작께서 나를 후계자로 지목하시고 내가 이어받았음에도, 가문을 제대로 이끌지 못해 가신들과 봉신들이 내게서 이탈한 것도, 모두 나의 잘못이다.”

진자겸의 기억을 수습하기 위해, 적들의 방심을 이끌어내기 위해 절반쯤 은둔하며 지냈다.

그것이 다른 이들에겐 적들에 대한 두려움으로 비추어졌을까?

만일 아이란이 다른 모습을 보여주었으면 어땠을까?

미래는 모르기에 가정은 할 수 없었다.

하지만, 지금과는 다른 상황이지 않을까?

자신들의 세력이 강대하기에!

아이란을 이길 수 있다고 믿었기에!

그것을 아이란이 제압하지 못했기에!

오늘의 사태가 일어난 것이다.

그렇기에 이곳에 모인 이들 역시 마음 한편에는 아이란의 자질 문제를 생각하고 있었다.

아이란은 눈앞에 있는 가신들의 마음을 짐작하고 있었다. 그 자신의 선택이었지만 의심의 눈을 마주하는 것은 좋지 않은 일. 또 한편으로는 그러한 의심과 불안에도 불구하고 자신을 따르는 이들에 대한 책임감과 신뢰를 느꼈다.

이제 그들에게서 의심의 싹을 거둘 때가 왔다.

아이란의 가슴에 당당한 기운이 자리 잡았다. 그의 어깨가 쫙 펴졌다. 아이란이 곧은 시선으로 장내의 인물들을 또렷이 응시하며 그 입을 열었다.

"그렇기에 나는 이번 사태를 수습할 것이다. 내게 맞선 이들에게 파멸의 철퇴를 내려 다시는 내게 대항할 이들이 나오지 않게 할 것이다!"

아이란으로부터 웅장한 기세가 흘렀다.

이제 어느 정도 준비가 끝이 났다! 더 이상 웅크리고 있을 이유 따윈 존재치 않는다! 이 위기를 도약하는 발판으로 삼겠다!

발판을 딛고 도약해 창공을 활주하는 한 마리의 매가 되리라!

모두 아이란의 기세에 동화되었다. 마음 한편에 가졌던 불신이 거짓말처럼 사라졌다.

이 불꽃을 여기에서 꺼뜨리면 안 된다.

더욱 활활, 이 성을 불태울 만큼 크게 키워야 한다!

"내 직접 이 두 손으로, 반란의 목을 칠 것이다!"

*　　　*　　　*

다시 회의가 재개되었다.

좀 전과 다른 점이 있다면, 그때와는 달리 장내에 희망이 돌았다.

아이란이 손가락으로 지도를 찍었다.

모두의 시선이 집중되었다.

"딱 한 번뿐인 기회. 이것을 살린다."

아이란의 손가락이 영주성에서 출발해 숲과 산맥을 관통하는 과정을 통해 야로스 영주성에 닿았다.

"방어와 동시에 적의 머리를 친다."

"……!"

“우리가 운용할 수 있는 병력은 실질적으로 팔백. 그중 칠백은 수성을 위해 남긴다. 그리고 최정예로 구성된 기병 일백과 남은 기사단은 별동대 ‘검은매’로 구성해 야로스 자작성을 쳐 자작의 목을 떨어뜨린다.”

아이란의 말이 모두의 고막에 울렸다.

“그곳에 크란과 대부인이 있다면, 그 둘의 목 역시 쳐낼 것이다.”

이 전쟁은 어디까지나 백작가 내부의 후계 다툼이다.

후계 다툼이란 후계자라는 명분을 가진 이가 둘은 있어야 가능했다.

그렇기에 둘 중 하나가 죽으면 끝이 난다.

그락서스 백작령이란 커다란 테두리 안에 포함되어 있는 한 할 수 있는 행동이 있고 없는 행동이 있다.

후계가 둘로 나뉘어 다툼을 하는 경우라면 모를까, 만일 하나가 죽고 하나가 남았을 시에도 후계 다툼이란 명분으로 전쟁을 유지할 시 그것은 왕국법 위반이다.

“적법한 후계가 하나 남은 이상; 봉신들은 그가 누가 되었든 따라야 한다. 잘난 그들의 가문도 본가인 이 그락서스가 있어야 있는 법이다.”

후계가 유일해졌음에도 전쟁을 계속한다.

그러다 남은 후계마저 죽어버린다면?

그 세력권 자체가 붕 떠버린다.

영지를 운영하는 본가가 없으니 국왕이 회수해 가는 것이다. 그렇게 회수된 영지는 영지가 없는 중앙 귀족 중 하나가 가지거나 직할령에 포함된다.

이 경우에선 크란을 처리한다면 다른 봉신 영지에선 좋으나 싫으나 아이란을 따를 수밖에 없었다.

물론 복수라는 명분을 들 수도 있지만 그것은 이 귀족 사회를 얕보는 것이다.

친인척의 경우 복수를 명분으로 둘 수는 있다.

이 백작령 내의 가문에선 피가 얽히고설키지 않은 곳이 없다.

그러나 귀족들은 이득이 없으면 움직이지 않는다.

크란의 복수라는 명분을 저울에 올려놓고 이득이냐 실이냐를 놓고 봤을 땐 득보단 실이 많을 것이다.

복수를 명분 삼아 의리를 지키는 것보단 그 안일한 목숨과 가문을 지키는 것을 택할 것이다.

만일 복수를 명분으로 삼는다 해도 그것은 승자에 대한 마지막 발악, 두려움이자 자비를 구걸하는 표현에 지나지 않는다.

팍!

아이란이 단검을 지도의 야로스 자작성에 꽂았다.

"오늘 밤. 나와 발론 자작, 수성을 지휘할 일부 기사를 제외한 기사단 전원, 그리고 최정예 영지병 일백은 어둠을 틈타

몰래 성을 빠져나간다."

"……!"

"우리의 목표는 야로스 자작성, 파를론 야로스와 크란 그락서스의 목이다."

그것은 확정의 말이었다. 그 누가 반대하더라도 아이란은 추진할 것이다.

이 무모한 작전에 두말할 것도 없이 바로 발론 자작과 칼이 반대를 외쳤다.

특히 발론 자작은 결사반대했다.

그는 자신이 위험에 빠지는 것은 상관없지만 아이란을 위험에 빠뜨린 것은 트라우마로 남아 있었다.

"위험합니다, 백작 각하! 제가 군사를 이끌겠습니다. 백작 각하께선 남아주십시오!"

"이 작전은 강한 무력을 가진 이가 한 사람이라도 더 필요하다. 그리고 나는 강하지. 그편이 희생을 더 줄일 수 있겠지."

"백작 각하!"

발론 자작의 머릿속에서 과거 토벌의 일이 연상되었다.

그때의 사건은 다시는 생각하고 싶지 않을 최악의 사건이었다.

주군을 지키지 못했다는 죄책감이 시도 때도 없이 심장을 찌르던 때로 다시는 돌아가고 싶지 않다. 그래서 발론 자작은 필사적으로 반대했다.

그때 아이란이 손바닥을 폈다.

다른 사람들이 의아하게 쳐다볼 때, 그의 손바닥에서 변화가 일어났다.

뭉쳐놓은 어둠이 주변의 빛을 삼키며 그의 손에서 머물고 있었다.

"리, 리히트!"

유형화된 오로라의 힘, 리히트가 아이란의 손에서 발현됐다!

다들 깜짝 놀란 것은 당연.

아이란의 나이 스물.

이 어린 나이에 5랭크에 도달한 자가 있다는 것은 남제국(南帝國:South Empire), 칼라인의 황태자 외엔 들어본 적이 없었다.

그락서스 가문 내에선 리히트를 사용할 수 있는 자가 배신한 부기사단장을 제외하면 발론 자작밖에 없는 지금, 아이란은 어마어마한 전력이었다.

"각, 각하! 언제부터 사용하실 수 있으셨습니까?!"

발론 자작이 너무 놀라 고함치듯 외쳤다.

"그리 오래되지는 않았다."

"그, 그런!"

"말했지 않은가. 내 직접 목을 베겠다고."

꿀꺽―!

누군가 침을 삼켰다.

이것으로 아이란의 참여는 기정사실이다.

공격을 주장했지만 아이란의 출사 선언에는 반대했던 발론 자작도 받아들일 수밖에 없었다.

"이것으로 백작 각하의 참전은 결정이 났군요."

칼이 고개를 설레설레 저었다.

"그럼 이제 별동대가 공격을 할 동안 수성의 진행과 별동대가 실패할 경우에 대해 의논해 보겠습니다."

아이란의 폭탄선언으로 뒤로 밀린 수성이란 본 주제가 다시 꺼내졌다.

수성의 논의는 비상시 매뉴얼대로 실행하며 별동대로 인해 병력이 빠져나가는 만큼의 재배치에 대한 의논 정도로 끝이 났다.

수성이라는 것이 공격하는 쪽에 비해 할 수 있는 것이 한정되어 있기 때문.

진짜 중요한 것은 별동대의 성패다.

수성 역시 중요하지만, 별동대의 성공 여부가 이 전쟁의 승리를 판가름 하는 저울.

"……"

모두들 말이 없었다.

실패한다면 수성만으로 버텨야 한다. 그러나 그렇게 해서 과연 승리할 수 있을까?

“만약, 실패한다면.”

아이란이 입을 열었다.

“버켄 가문에 구원을 요청해라. 모든 족쇄를 풀고 ‘링 오브 리버티(Ring of Liberty)’를 주겠다고. 자세히는 말 못하지만 그들의 힘이라면 분명 해결해 줄 것이다.”

대대로 가주에게만 전해 내려오는 이야기. 머나먼 선대의 대에서 체결된 계약으로 자세한 것은 비밀이었기에 아이란은 입을 다물었다.

다른 이들 역시 그러한 것을 눈치챘기에 아무 말 없었다.

잠시 후, 회의가 재개되고 아이란은 칼에게 명령을 내렸다.

“칼, 반란군의 위치를 실시간으로 보고하도록. 또한 버켄 남작령에 연락을 해라. 다른 영지들을 견제하라고 말이야.”

“알겠습니다.”

“응징의 시작이다.”

이제 전쟁은 시작되었다.

모두 각자 배당된 임무를 위해 회의실을 나갔다.

홀로 남은 아이란은 창가에 다가가 창밖을 바라보았다.

평상시와 같은 하늘이다.

달라진 것은 자신을 둘러싼 상황.

“늙은 너구리를 끌어내었다······.”

이 상황에 대한 요약이다.

“절대 실패하지 않아. 기필코, 반란의 목을 칠 것이다.”

실패할 경우를 대비한 수도 준비해 두었다. 하지만 아이란
은, 절대 실패한다고 생각하지 않았다. 그 자신이 참여한 이
상, 성공은 기정사실이었다.

도도히 몸에 돌고 있는 신마의 힘은 그 확신에 자신감을 심
어주었다.

＊　　＊　　＊

"백작가의 반응은 어떠한가? 영지병들이 밖으로 나오거나
하지는 않았고?"

"예, 백작성 밖으로 나오질 않습니다. 아마 모든 병력을 수
성에 투입할 것 같습니다."

"허허! 수성이라. 최선도, 최악도 아닌 선택이지."

야로스 자작이 웃음을 터뜨렸다.

지금 상황에서 수성이라. 현 상황에서 수성은 확실히 애매
했다.

도우러 와줄 지원군이 많은 것도 아니다. 기껏 해야 버켄
남작령 정도겠지.

그렇다고 성내 물자가 풍부하냐? 그것 역시 아니었다. 직
영상단과 성내 물자를 관리하는 베라임에 따르면 기껏 버텨
봤자 한 달이라 했다.

야로스 자작은 다른 영지의 연합군과 백작성을 한 달만 포

위해도 승리를 할 수 있었다.

"그래도 아쉽군. 화끈하게 회전을 벌이는 것도 나쁘지 않은데 말이야. 현 백작 각하는 너무 조심성이 많으시구만. 계집아이처럼 말이야."

와하하하!

야로스 자작의 말에 웃음꽃이 터져 나왔다.

"큭큭, 사령관에게 병사들의 체력을 유지하며 느긋하게 가도록 전하게. 혹시 모르니까 주변 경계를 철저히 하는 것도 전하고."

"예, 자작님!"

전령이 나감과 동시에 크란이 들어왔다.

"할아버지, 저 크란입니다."

"오! 어서 오거라, 내 손주!"

집무실에 들어온 크란은 야로스 자작과 같이 있던 영지의 기사단장, 야콥과 총관에게 고개를 숙였다.

"크란 공자님은 뵐 때 마다 저를 놀라게 하시는군요."

야콥이 미소를 지었다.

그것은 다 알고 있다는 미소였다.

"무슨 말씀이신지?"

"그래, 무슨 말인가?"

야로스 자작이 갸우뚱했다.

크란이 체멜을 놀라게 하다니?

“이런, 비밀이었습니까? 4랭크에 들어서신 것을 진심으로 축하드리겠습니다, 크란 공자님.”

“아니, 그게 정말인가! 내 손자가 4랭크에?!”

야로스 자작이 깜짝 놀랐다.

4랭크라면 오로라를 끌어올려 육체를 강화시킬 수 있는 경지. 기사의 시작이라고 할 수 있는 경지다!

크란의 나이 열다섯.

손자가 상당한 재능이 있다는 것을 알았지만 고작 열다섯에 4랭크에 들어설 줄이야!

“하하! 파티를 열어야겠다, 파티를! 내 손자가 4랭크라니! 영지 전체에 축제를 열어주마!”

지금 이 순간, 야로스 자작은 전쟁 중이라는 사실을 잠깐 잊을 정도로 기뻐했다.

“괜찮습니다, 할아버지!”

야로스 자작이 저리 기뻐하는데도 크란은 시큰둥했다.

그것을 보고 야로스 자작은 갸우뚱했다.

“왜 그러느냐, 크란. 너는 기쁘지 않느냐?”

“저도 기쁩니다. 하지만 아이란도 마찬가지입니다. 그 녀석도 열다섯에 4랭크에 들어섰지요.”

그랬다. 현 그락서스 백작인 아이란 역시 열다섯에 4랭크에 들어섰다.

아니, 크란은 남들이 모르는 한 가지 사실을 하나 알고 있었다.

'그 자식은 열넷이었단 말이야.'

남들은 아이란 역시 열다섯이라 알고 있지만 아이란이 4랭크에 들어선 것은 열넷의 일이다.

아직도 기억난다.

아이란이 4랭크에 들어섰다며 자신에게 가르쳐 준 그날.

아이란은 열넷, 자신은 열다섯.

고작 일 년의 차이지만 그 사실은 크란에게 끝없는 열등감을 선사했다.

더군다나 요 근래 그의 검술은 발론 자작과 맞대결을 할 수 있을 정도로 성장했다.

그렇기에 기쁘지만 기쁘지 않았다.

그것을 다른 이들은 다르게 해석했다.

사람이 좋게 보이면 그가 어떤 행동을 해도 좋게 보이는 법이다.

'녀석, 얼마나 높이 바라보고 있는 것이냐……'

'공자님, 장하십니다……'

'흠. 크란 공자께서도 4랭크시라면 명분으로 써도 괜찮겠군. 뛰어난 자가 위에 서는 것은 당연하니까.'

＊　　＊　　＊

크란 파의 수장, 야로스 자작에게서 전령이 왔다.

전령은 아이란에게 편지 한 장을 건네었다.

편지를 읽는 아이란의 입에서 미소가 짙어졌다.

다른 가신들은 의문을 띄운 채 그 모습을 바라보았다.

가신들의 반응을 의식했는지 아이란은 그 편지를 가신들에게 건네주었다.

편지를 읽은 발론 자작은 그 내용에 살기를 담아 검을 반쯤 뽑기도 했다.

―찬탈자, 아이란 그락서스 친전.

유구한 역사를 자랑하는 그락서스 백작령과 가문에 봉사하는 신하, 야로스 자작인 파를론 야로스 본인은 그대 아이란 그락서스의 백작 작위를 인정치 않습니다.

본디 백작의 작위란 정통성과 명망을 가진 후계자가 가문을 위해 봉사하는 자리.

고귀한 피가 반쪽 흐른다 하여도 그 남은 반쪽의 피가 불분명하지 않습니까.

그대의 불분명한 반쪽 피는 천하거나 불결한 피일수도 있습니다. 그것은 그락서스 가문을 욕보이는 행위.

그락서스 가문에 봉사하고 그락서스 가문을 최우선으로 생각하는 충신인 본인의 입장에서는 절대 간과할 수 없는 행위입니다.

전대 백작 각하께서 젊으신 나이에 갈라고스의 위, 헤븐가르드로 떠나신 것은 유감입니다.

그러나 그 유감인 일을 이용하여 백작 작위를 차지한 당신을 인정할 수 없습니다.

그렇기에 저는 제안합니다.

고귀한 자리를 정통성 있고 출신이 분명한 이 공자, 크란 그락서스에게 양도하십시오.

그렇지 않을 시, 유감스럽지만 저희는 더 큰 명예와 고귀를 위하여 조금의 명예를 잃어야 합니다.

떳떳하시다면 백작의 작위를 걸고 스스로의 명예와 고귀, 정통을 증명하시길 바랍니다.

그락서스의 정당한 후계자를 지지하는, 야로스의 자작, 파를론 야로스.

누가 보더라도 들어줄 수 없는 요구였다.

아이란은 전령이 보는 앞에서 편지를 찢었다.

"늙은 너구리에게 전하라. 백작 위가 탐이 난다면 가져가라고. 그러나 그 목이 떨어질 각오를 하고 덤비라는 경고 역시 잊지 말아야 할 것이다."

"예… 옙!"

발론 자작의 살기에 놀랐던 전령은 덜덜 떨며 대답했다.

"가보거라."

전령이 고개를 꾸벅이고 나갈 때, 아이란의 목소리가 들렸다.

"늙은 너구리는 목이 떨어져 나갈 것이다. 그리고 떨어져 나간 목으로 자신의 굴이 타고 있는 것을 보게 되겠지."

전령이 움찔하며 나갔다.

*　　*　　*

백작성 내부의 거대한 수련장.

평상시라면 아무리 사람이 많아도 넉넉해야 할 수련장이 꽉 채워져 있었다. 바로 성의 병사가 모두 모여 있기 때문이었다.

그들의 앞, 단상 위에는 번쩍이는 은색 갑옷을 입은 아이란이 홀로 서 있었다.

저들에게 희망을 심어주어야 한다.

우리들은 패배하지 않는다, 승리한다라는 마음. 그것을 갖는 것이 중요했다. 아무리 강한 군대라도, 그러한 마음가짐이 없다면 패배란 불을 보듯 뻔하니까.

그렇기 위에 지금 이 순간, 아이란이 이들의 앞에 선 것이다.

"모든 이는 들으라!"

모두들 숨을 죽인 채 아이란을 응시했다.

"우리는 지금, 전쟁의 바로 앞에 서 있다. 아니, 전쟁은 시작되었다!"

웅성웅성.

"지금 이 순간에도 우리를 위협하는 적들은 다가오고 있다. 그들은 나를 찬탈자라고 부르며 끌어내기 위해 시퍼런 검날을 갈고 닦고 있다! 그대들은 어찌 생각하는가!"

아이란이 잠시 말을 멈추고 병사들을 둘러보았다.

모두 숨을 죽인 채 자신을 응시하고 있었다.

"그대들도 나를 찬탈자라고 생각하는가!"

"아닙니다!"

한 병사가 고함쳤다.

"그대, 이름이 뭐지!"

"로이 십인대 소속 말렉입니다!"

"그럼 말렉! 그대는 나를 어떻게 생각하는가!"

"영주님은 결코 찬탈자 따위가 아닙니다! 저희의 진짜 영주님이십니다!"

"다른 이들도 같은 생각인가!"

"그렇습니다아아!"

"그럼 그대들은 나를 지키기 위해 싸울 수 있는가!"

"싸울 수 있습니다아!"

"그대들이 두려워한다는 것은 잘 안다! 하지만 나를 지켜다오! 아니, 내가 아니라 이 그락서스라는 땅의 법을 지켜다오! 우리의 땅을 지켜다오!"

"와아아아!"

"훗날, 세상을 떠도는 음유시인들은 노래할 것이다! 그락서스의 용사들이 얼마나 용감한지! 적들에 맞서 얼마나 용감히 싸웠는지! 그럼 세상은 찬탄할 것이다! 그락서스의 용사들을! 목숨이 있는 한 검을 들고 활을 든, 그락서스의 용사들을!"

"우와아아아아!"

병사들이 지르는 함성이 성안을 넘어 그락서스 전역에 울려 퍼졌다.

*　　*　　*

"서둘러라!"

"오늘 밤에 출발해야 한다!"

"짐은 최대한 줄여라! 기동성을 살려야 한다!"

"서둘러라, 서둘러!"

백작성 내의 상황은 적들이 당도하기 전이건만 전쟁통이었다.

하급 병사들이나 기사들은 모르지만 간부들은 오늘 시행되는 작전을 알고 있었다.

야밤에 몰래 빠져나가 들키지 않게 영지를 돌아 야로스 자작성에 당도, 기습한다.

간단명료한 이 골자의 작전을 수행하기 위해 그들은 부하들을 재촉했다.

"젠장. 우리 수성하는 것 아니었어?"

"벌써 세 영지군이 백작성까지 반쯤 왔다는데 오늘 밤에 출발한다니?"

"니미, 한스 놈은 성에서 꿀을 빠는데 나는 왜 차출된 거야."

병사들은 입으론 불평불만을 퍼뜨렸지만 제 할 일은 착실히 진행해 갔다.

그들이 그렇게 준비하는 사이, 아이란은 내성 내를 몰래 둘러보고 있었다.

파앙!

후두둑!

아이란이 손짓에 오로라가 깃든 밧줄이 쏘아져 나가 비둘기를 잡아챘다.

포획된 된 비둘기가 바닥을 밧줄을 벗어나려 발버둥 쳤지만 아이란의 손길을 벗어날 순 없다.

비둘기의 발목엔 전서통이 매달려 있었다.

"전서구가 맞군."

아이란은 푸른 전서구를 쓴 적이 없다.

칼 역시 마찬가지.

성에서 사용하는 전서구는 검은 깃털을 가진 흑구(黑鳩)였지만 이 비둘기는 푸른색의 청구(靑鳩)였다.

즉 제삼의 인물이 사용한 것이다. 그 인물은 첩자일 확률이 높았고.

이제 진짜 첩자인지 아닌지는 확인해 보면 된다.

비둘기의 발이었던 육편에 매달린 조그마한 편지통. 편지를 꺼내보니 내용은 이러했다.

―영지 기사단과 병사 중 일부분이 무엇인가를 준비하고 있음.

"큰일 날 뻔했군."

아까 전에도 전서구 한 마리를 포획했다.

그 전서구에는 '전병력 수성 준비 중' 이라고 적혀 있었기에 놓아줬었다.

만약 이 정보가 적들에게 넘어갔을 시 어떻게 되었을까?

야로스 자작성을 기습할 것이라는 것을 알아챌까?

아니면 다른 준비로 착각을 할까?

최악의 경우에는 적이 함정을 파고 기다릴 수도 있었다.

물론 이 단편적인 정보만으로 그렇지 않을 수도 있다. 수성을 위한 특별한 준비로도 해석할 수 있겠지.

그러나 그게 무엇이든 이런 정보가 퍼져 나가는 것은 될 수 있는 한 막는 것이 좋다.

혹은 아까처럼 역정보를 퍼뜨리든가.

"나도 이젠 준비를 해야겠군. 밤이 다가오고 있다."

몸이나 좀 풀어둘까.

아이란은 칼과 발론 자작에게 일러 성의 경계를 강화시켰다.

그 후 수련장으로 간 그는 일신을 점검했다.

잠시 후 다가올 피의 대전을 위하여.

CHAPTER

5

우리는 지금 얼마나 아름다운 상태에 있는가.

이제 평화가 선언되었다.

What a beautiful fix we are in now; peace has been declared.

—나폴레옹 보나파르트(Napoleon Bonaparte)

밤하늘을 밝혀주는 한 줄기 빛인 달마저 구름에 가려 암흑이 세상을 지배할 때.

성의 비상문을 통해 몰래 빠져나가는 일단의 무리가 있었다. 발굽에 천과 솜을 씌워 소리를 죽인 말을 타고 있는 이들.

전체적인 숫자는 백하고도 사십이 좀 안 되었다.

그렇다.

이들은 바로 아이란이 이끄는 별동대 검은 매.

작전을 세웠던 대로 별동대가 야로스 자작성을 기습하기 위해 출동하는 것이다.

"하늘이 저희를 도와주는군요."

옆에서 달리고 있던 발론 자작이 아이란에게 말을 걸었다.

"그렇지. 덕분에 마음을 조금 놓을 수 있겠어."

고개를 젖혀 하늘을 바라보지만 컴컴한 구름만이 보일 뿐이다.

달빛 한 점, 별빛 한 점 보이지 않았다.

"속도를 조금 더 내도록 하지."

"옛."

아이란과 검은 매들이 말을 달렸다.

＊　　＊　　＊

다음 날 오후 무렵, 세 영지의 연합인 반란군이 백작성 앞에 도착했다.

그들은 각자 구역을 나누어 백작성을 포위했다.

그 모습을 바라보는 성벽 위 병사들은 바짝 얼어붙어 있었다.

"젠장, 공성병기야. 투석기와 충차라고. 저런 것까지 준비해 올 줄이야."

반란군이 공성을 위한 무기를 조립하고 있었다.

"저걸로 던지는 돌에 맞으면 온몸이 찌그러질 거야."

신입들이다. 괴물이랑만 싸워보았지 인간과의 전쟁은 처음이다. 그것에서 두려움이 찾아온다.

그때, 그들의 말을 들었는지 경험 많은 백부장 하나가 그들을 다독였다.

"걱정할 것 없다! 로이, 카즈. 이 백작성에는 방어 마법진이 설치되어 있어. 저런 투석기의 바위쯤은 거뜬히 튕겨낼 수 있다!"

그 말을 들은 병사들은 안심했다. 그러나 백부장이 하지 않은 말이 있었다.

방어 마법진이 존재한다지만 그것을 언제까지나 사용할 순 없다.

설상가상 마법진의 마력 충전 양도 절반에 지나지 않았다.

아마 하루 정도는 버티겠지만 그 후엔 무너지고 말 것이다.

마력을 보충해 줄 마법사라도 있으면 좋겠지만 마법사는 단 한 명도 존재치 않았다.

모두 젤만의 꼬임에 넘어간 탓이었다.

아니, 영지 마법사 모두가 젤만의 제자이거나 제자의 제자이니 그들로선 거부할 수 없었으리라.

즉 방어 마법진이 깨진다면 적들의 마법과 공성병기를 막을 이가 없다는 뜻이다.

'열두 신이시여! 부디 우리들과 백작님의 앞날에 축복을 내려주시길……!'

백부장은 작전의 성공과 이들의 무사를 빌고 또 빌었다.

그때, 야로스 자작군 쪽에서 흰색 깃발을 매단 한 기마가 백작성으로 다가왔다.

전령이었다.

그는 백작성 앞에서 큰 소리로 고함을 외쳤다.

"자비로우신 야로스 자작님을 대신해 정의로운 연합군의 총사령관 카밀 남작님께서 내리신 마지막 자비이자 마지막 경고이다! 누구의 태생인지도 모르는 찬탈자! 천박한 피의 후예일지도 모를! 그락서스의 대지를 차지하고 있는 '자격 없는 자' 아이란 그락서스에게 알린다! 영주의 인장과 가문의 상징을 정당한 후계자 크란 그락서스에게 양도하라! 그렇지 않을 시, 정의로 구성되고 영지의 기강과 법도를 바로 세울 우리 연합군은 정의로운 집행의 폭력을 사용할 수밖에 없다! 만일 폭력을 사용케 된다면 자비로우신 야로스 자작님을 대신하는 카밀 남작님 역시 더 이상 자비를 베푸시지 않을 것이다! 그에 따라 '자격 없는 자, 찬탈자'는 광장에서 참수되어 장대 위 새의 먹이가 될 것이다!"

어안이 벙벙한 소리였다.

성 위의 사람들은 멍하니 전령을 바라보았다.

지금 저자가 무슨 말을 한 것인가. 곧 성 위의 수비군들이 분노했다.

분노는 원동력이 되어 사건을 터뜨린다.

바로 지금처럼!

"니미! 지랄하고 자빠졌네! 자비롭고 정의로운 자? 그래 니

들끼리 다 해 처먹어라! 그렇게 해 처먹으면 배가 터지겠다,
이 새끼들아! 그리고 뭐? 자격 없는 자?! 천박한 피?! 지랄도
그 지랄이면 개지랄이다, 이 씨벌놈들아! 니 거시기나 까며
죽어라 이 개새끼들! 우리 영주님이 얼마나 훌륭하신 분이고
첫째 마님이 얼마나 좋으신 분이었는데! 그 분들을 욕되게 하
다니! 첫째 마님이 돌아가신 것도 나 니놈들 때문이 아니냐!
이 쌍놈의 새끼들! 오냐! 와라 이 새끼들아! 내가 다 처죽여
주마! 왈왈 짖어보거라! 이 개새끼들! 덤벼라, 개새끼들아!"

한 병사가 전령에게 외쳤다.

"그래, 한스 말이 맞다! 이 쌍놈의 새끼들아!"

"저놈들을 처죽이자!"

"와아아아아!"

입이 걸쭉하기로 유명한 백부장 한스가 욕지거리를 내뱉
자 주변의 병사들이 열광했다.

전령의 말 중 앞의 미사어구는 그렇다 치자. 병사들을 분노
케 한 원인은 바로 뒤에 있었다.

바로 첫째 부인, 이리나!

아이란의 모친이었던 이리나는 생전 백작령의 사람들에게
'어머니'라고 불릴 정도였다.

그녀는 생전 그 누구보다 영지민들을 위했으며 헌신했다.
그녀는 영지민 모두의 어머니였다.

그락서스의 대지를 밟고 선 자 중 자신이나 가족 중 이리나

의 도움을 한 번쯤 받지 않은 이가 없을 정도였다.

억울한 사정이 있으면 그 어떤 천한 신분의 사람이고 일일지라도 그냥 넘어가지 않았다.

흉년이 들어 영지민들이 배를 곯게 생겼으면 그 누구보다 먼저 백작을 설득해 구휼을 베풀었다.

그런 '어머니'에게서 태어난 아이란이 어머니 때문에 자격이 없는 자라니.

이것은 단지 아이란을 모욕하는 것뿐만이 아니다!

이리나를!

이리나에게 도움을 받은 자신들을 모욕하는 것이다!

병사들은 분노하지 않을래야 분노할 수밖에 없는 상황!

흥분한 병사들은 사신을 향해 돌 따위를 집어 던졌다. 활을 쏘지 않는 것이 다행이라 할 정도.

그중 짱돌 하나가 전령의 이마를 제대로 맞췄다. 낙마한 전령의 이마에선 피가 콸콸 흘렀다.

결국 본전도 찾지 못한 전령이 야로스 자작군으로 돌아갔다.

*　　　*　　　*

야로스 자작군 사령관이자 연합군의 총사령관인 카밀 남작의 천막에 각 영지군의 수뇌부가 모였다.

원탁에는 중앙의 총사령관 카밀 남작을 비롯하여 그의 왼쪽으로는 베르만 자작의 후계자인 뮤토스 베르만 앉아 있었고 오른쪽엔 르아닌 가주의 동생인 제펠 르아닌이 앉아 차를 홀짝였다.

그들의 뒤로 수많은 기사가 시립했다.

세 명의 수뇌부와 그들이 이끄는 기사와 참모들이 모여 회의를 나누었다.

"크란 공자와 야로스 자작님이 이르시길, 백작성 파손 여부는 상관없다 하셨소. 그러니 모두 부담 없이 각자의 의견을 내어놓으시오."

카밀 남작이 포문을 열었다.

"우선 공성병기로 적들의 진을 빼놓는 것이 어떻겠습니까? 이곳에서 병력의 소모가 많아질 시 괴물들이 쏟아져 내려오는 삭풍의 계절(The north wind of winter) 때 곤란에 빠질 수 있습니다."

병력의 피해를 최소화하기 위한 방안.

매년 겨울이 되면 끝없이 몰려오는 괴물들에 영지를 지켜야 하는 곳의 소영주다웠다.

뮤토스가 의견을 내어놓았지만 곧 제펠에게 반박되었다.

"저 성벽에는 물리와 마법을 둘 모두를 방어하는 복합 방어 마법진이 설치되어 있습니다. 그것을 생각하면 공성병기는 별로 효용이 없을 것입니다."

"그럼 제펠 경께선 복안이 있으십니까?"

"글쎄요. 마법진의 마력이 다 소모될 때까지는 어쩔 수 없지요."

"르아닌 가문에서 두 번째로 강한 마법사인 제펠 경께서도 방도가 없으신 것이군요."

그때 뮤토스가 고개를 저었다.

상급 마법사라고도 불리는 4랭크 마법사에게 능력을 낮잡아 보는 듯한 말은 큰 실례였다.

제펠의 얼굴이 굳었다.

"저 성벽에 설치된 방어 마법진은 팔대 전 백작 가주의 친우인 엘더 마구스 콘라드가 설치한 것입니다. 저 성벽을 깨려면 연합군의 모든 마법 전력이 이틀 밤낮으로 마법을 계속 난사해야 할 것입니다."

"야로스 자작님께서 느긋하게 진행하라고 하셨지만 최대한 서둘러야 합니다. 전쟁은 돈을 잡아먹는 괴물이니까요."

카밀 남작이 문을 통해 비추어지는 백작성을 보며 말했다.

"그럼 그리하면 될 일!"

그때 누군가가 천막 안으로 들어오며 뮤토스의 말에 답했다.

모두 천막 안으로 들어온 이를 보았다.

좋은 천으로 된 너풀거리는 로브를 입은, 머리가 하얗게 센 노인.

바로 젤만이었다.

"하루면 충분하오."

"……?!"

"아무리 엘더 마구스라 하나 이백 년도 더 전의 기술이오. 학문이란 세월이 흐를수록 발전하는 법! 마법 역시 여타 학문과 같이 세월이 흐를수록 발전해 왔소. 지금 마법의 효율은 이삼백 년 전의 세 배가 넘지. 콘라드 님이 엘더 마구스였을지는 모르나 그 당시 마법으로 제작된 마법진! 그 효율 면에서나 기술적인 면에선 지금의 견습 마법사나 다름없소."

젤만의 말에 천막 안 이들의 얼굴이 밝아졌다.

"백작성의 마력 충전은 항상 절반으로 유지되었소. 마력이 전부 충전되어 있을 때에도 이틀을 못 버틸 것이오. 한데 절반이라면? 하루면 빵을 굽고도 남지."

"물론입니다!"

"하하! 성벽 위의 천박한 녀석들이 혼구멍이 나겠군요!"

모두들 웃음을 터뜨렸다.

그들의 머릿속에선 벌써부터 무너진 성벽 사이로 연기가 피어오르고 시체가 가득한 백작성이 떠올랐다.

그리고 그들은 동시에 크란이 백작이 되었을 때 떨어질 콩고물을 떠올렸다.

*　　　*　　　*

칠흑 같은 어둠 속에서 움직이고 있는 이들.

거센 바람이 이들을 덮쳤다.

그렇지만 이들은 두 눈을 시퍼렇게 뜬 채 달렸다.

"이럇!"

"하아! 하아!"

그들은 말을 재촉하며 달렸다.

이미 충분히 빠른 속도, 그러나 일분일초가, 한시가 급하다.

이들의 손에 백작성에 남은 이들의 목숨이 달려 있었다.

한 걸음이라도 빨리 도착할수록 더 많은 이를 살릴 수 있다고 생각하기에, 그들은 채찍질을 계속했다.

가장 선두, 그락서스의 지배자 아이란은 긴 검은 머리칼을 휘날리며 계속 달렸다.

"자작, 이제 어디까지 왔지?"

달리는 와중이지만 아이란의 말은 똑똑히 발론 자작에게 들렸다.

목소리에 약간의 힘을 담은 덕분이기도 했지만 발론 자작 역시 상당한 수준의 무력을 쌓은 벨라토르. 그에게 이 정도 소리를 듣는 것은 아무것도 아니다.

"크랄 산맥에 들어서 몇 시간이 지났으니 이제 야로스 자작성에 멀지 않았을 것입니다!"

크랄 산맥은 야로스 자작성을 둘러싼 천연의 방벽이었다.

드넓은 백작령을 효율적으로 통치하기 위함과 동시에 방어의 용이함을 위해 높은 언덕지대에 홀로 서 있는 그락서스 백작성과는 달리, 야로스 자작성은 영도인 야로스 시(市)의 크랄 산맥을 방벽으로 삼는 북쪽 외각에 위치했다.

전방은 도시라는 시가가 버티고 있고, 후방은 산맥이 자리하고 있다.

그렇기에 야로스 자작성은 공성을 하기 좋은 요새가 아니었다. 그렇지만 크랄 산맥을 통해 들어가면 단번에 야로스 자작성까지 당도할 수 있었다.

평소에 든든한 방벽이었던 크랄 산맥이 적의 침입로가 되는 것이다.

그러나 그것이 쉽지 않은 것이 크랄 산맥은 우거진 산악지대로 뛰어난 기마술이 없다면 채 몇 걸음도 달릴 수도 없는 곳이었다.

그렇지만 이들은 그락서스 영지의 친위 기사단과 정예 기병대인 검은 매.

백작령 내의 그 누구보다 뛰어난 정예이다.

그들에게 크랄 산맥의 지형은 말을 타고 질주하기 험난하지만 불가능한 지형은 아니었다.

"이럇! 이럇!"

"백작 각하! 저기 불빛이 보입니다!"

발론 자작의 말대로 저 멀리서 눈곱보다 작긴 하지만 불빛
이 보이고 있었다.

야로스 자작성이었다.

“하아! 하아!”

아이란이 속도를 줄였다.

그를 따라 모두 속력을 늦추었다.

“모두들 고생했다. 잠시 쉬도록.”

기사단원들이 말에서 내려와 휴식을 취했다.

그들을 바라보며 아이란이 입을 열었다.

“쉬면서 들으라.”

아이란이 목소리에 힘을 담았다.

그의 음성은 모두의 마음을 울렸다.

목소리에 오로라를 담아 상대의 마음을 움직이는 천래진
언공(天來眞言功)이라는 수였다.

“이제 우리들의 진짜 전쟁이 시작된다. 여기에 있는 모두,
발론 자작, 베멜 경, 레미 경, 십부장 찬스, 말단 병사 말렉…
직급과 계급을 떠나 우리는 모두 그락서스의 사람이다. 지금
이 시간 남겨진 자들은 우리를 기다리며 필사적으로 성을, 우
리의 가족을 지키고 있을 것이다. 그런 그들의 희생을 헛되이
만들 것인가?”

“아닙니다!”

“이제부터 우리는 진짜 전쟁터로 나선다. 그곳에서 적군과

서로를 죽고 죽일 것이다. 남겨진 자들에게 미안할 짓을 하고
싶은가!"

"아닙니다!"

"그렇다. 그들의 희생을 담보로 삼아 우리는 이곳까지 왔
다. 이제 그들에게 보답을 하기 위해서라도 우리는 저 성을
함락시켜야 한다."

"와아아아!"

"자! 가자! 나 아이란 그락서스는 그 누구보다 먼저 발을
내디딜 것이며, 그 누구보다 늦게 전장에서 나올 것이다! 나
를 따르라, 검은 매들이여!"

"우와아아아!"

모두의 마음속에서 열의의 불꽃이 피어올랐다.

그들의 마음속에서 불을 피운 이, 아이란은 말을 달렸다.
그의 옆에선 발론 자작이 함께 달렸다.

그들을 쫓아 백작가의 기사들, 검은 매가 달렸다.

＊　　　＊　　　＊

"자작님, 카밀 남작으로부터 전언입니다. 현재 순조롭게
진행되고 있다고 합니다."

"흠, 성벽을 부수는 데는 얼마 정도 남았다고 하는가?"

"제펠 경과 젤만 경의 말을 들어보면 빠르면 하루, 늦어도

이틀이면 충분하답니다.”

“허허, 이틀이 걸려도 좋으니 느긋하게, 대신 철저하게 하라고 전해주게. 수고한다는 안부도 잊지 말고.”

“예.”

통신 마법사가 깊게 읍을 하고 나갔다.

야로스 자작은 고개를 돌려 함께 있는 이들을 바라보았다.

바로 그의 딸 루디아와 그의 손자 크란이었다.

“이제 네가 내 상전이 될 날도 멀지 않았구나.”

그의 말에 크란이 미소를 지었다.

“전부 할아버지 덕분이지요. 이 은혜는 절대 잊지 않을 것입니다.”

“예끼! 은혜라니. 이 할아비에겐 네가 전부다. 네가 잘되는 것이 내가 잘되는 것이야.”

“아버지, 그런 소리 하지 마세요. 오래오래 사셔야죠.”

“허허, 그렇지!”

야로스 자작이 너털웃음을 터뜨렸다.

그는 장식장에서 자신이 아끼는 포도주를 꺼내왔다.

“허허허! 기쁜 날엔 이것이 빠질 수가 없지. 특히 손자가 백작이 되는 기쁜 날에는 말이야. 그렇지 않느냐, 허허허!”

피처럼 붉은 포도주가 세 잔에 나눠 따라졌다.

방 안에 퍼지는 포도주의 향. 그 향은 마치 웅장한 음악과 같은 존재감을 뿜어냈다.

승리를 연주하는 오케스트라. 그들의 승리를 축하하는 곡을 연주하는 오케스트라와 같은 향기다.

"도시 국가 연맹 중 아틸란의 특급 포도주, 빅투아르(Victoire)다. 칼라인 제국이 전쟁에 승리하였을 때 승전연에서 사용하는 포도주이지. 이런 기쁜 날을 축하하기엔 이만한 것이 없지 않나 싶구나."

"어머! 그 귀한 것을요?"

루디아가 살짝 놀랐다.

그녀조차 이름만 들어보았지 실제론 구경도 못 해본 포도주였다. 그만큼 귀했다.

"잔을 들거라, 애들아."

"예, 아버지."

"예, 할아버지."

쨍!

"내 손자 크란의 앞날을 위하여!"

"위하여!"

크란이 포도주를 입안에 살짝 머금었다. 그리고 느껴진 놀라운 맛은 크란은 순간 다른 세계로 여행을 떠날 정도였다.

"…란아."

"……."

"크란아!"

과일과 꽃의 향기로 가득 찬 세계를 여행 중이던 크란은 야로스 자작이 그를 부르는 소리에 번쩍 깨어났다.

놀라서 그를 바라보니 야로스 자작이 인자로운 미소를 짓고 있었다.

"허허, 그렇게 좋았느냐?"

크란의 부끄러움에 얼굴이 붉어졌다.

평소 감정 표현이 잘 없던 손자가 이런 반응을 보일 정도라니.

야로스 자작은 포도주를 꺼내길 잘했다 생각하며 말을 이었다.

"아직 말을 못했었는데 사실 내 재산의 상속권자로 너를 등록해 놓았단다."

크란과 루디아가 깜짝 놀랐다.

그런 모습을 보며 야로스 자작은 말을 덧붙였다.

"나야 아들도 없고 자식이라곤 루디아 하나뿐이지. 네 할미 역시 오래전에 죽었고. 그렇기에 내 유산을 물려받을 이가 딱히 없단다. 네 엄마가 너나 마찬가지니 나는 네게 물려주기로 결정했다. 그러니 너는 내가 죽으면 이 할아비의 모든 것을 물려받을 것이란다."

"하, 할아버지!"

"허허! 이미 왕실에 이야기를 해놓았다. 유산 상속자로 왕실이 공증을 섰다. 또 네가 백작이 돼도 정통성에 문제가 없다는 증서를 보내왔다. 그동안 먹인 돈값을 하는구나."

너무도 놀란 폭탄선언에 두 사람은 할 말이 없었다.

쿵!

그때, 정체불명의 소리가 밖에서 들려왔다.

"이게 무슨 소리지?"

방 안의 인물들이 갸우뚱했다.

설마 적이 쳐들어온 것인가?

방 안의 인물들은 이내 고개를 저었다. 그들은 이 소리를 별것 아닌 것으로 치부했다.

"축배를 들자꾸나! 이 잔을 비우고 나면 한 인물을 소개시켜 주마. 그 사람이 가져온 이야기는 네가 유용히 사용할 한 장의 카드가 될 것이다."

자작이 잔들을 다시 채웠다.

겨우 정신을 차린 크란이 말을 하려고 할 때였다.

땡땡땡땡땡!

"할……."

"잠깐!"

야로스 자작이 크란의 말을 멈추었다.

"방금 종소리가 들리지 않았느냐?"

크란과 루디아가 고개를 끄덕였다.

"이게 대체 무슨 일이란 말인가?"

비로소 야로스 자작은 방심을 멈추고 상황의 심각함을 알아차렸다.

그때.

쾅!

방문을 거칠게 열고 집사가 들이닥쳤다.

"이게 무슨 짓……!"

야로스 자작이 호통을 쳤지만 집사의 당황한 외침이 그의 말을 잘라 먹었다. 그러나 그는 그것을 지적할 정신이 없었다.

너무나도 놀라운 집사의 말이 그의 정신을 후려쳤기 때문이었다.

"적습입니다!"

땡땡땡땡땡!

울려 퍼지는 종소리가 방 안을 지배했다.

*　　　*　　　*

휘릭~!

한 인형이 자작성의 성벽 위로 올라섰다.

갑옷을 벗고 몸을 최대한 가볍게 해 유성폭비행으로 날아오른 아이란이었다.

"누, 누구… 켁!"

아이란을 발견한 말단 병사가 목을 부여잡았다. 부여잡은 손가락 사이로 피가 꾸역꾸역 새어 나왔다.

어느새 검을 뽑아 든 아이란이 그의 목을 벤 것이다.

그의 몸이 쓰러지려는 찰나, 아이란이 받아냈다.

병사는 쇠사슬 갑옷을 입고 있었다. 이대로 쓰러진다면 큰 소음이 발생하기 때문이다.

"다행이군. 얼마 없어."

성벽 위 병사들 간 배치는 듬성듬성했다.

아마 별 필요가 없다고 생각했겠지.

성이 세워진 후 한 번도 공격을 받아본 적이 없는 것도 한 몫 했을 것이다.

"나야 고마울 따름."

병사의 시체를 근처의 나무 상자 속에 숨겨둔 아이란은 조심스레 성문을 향해 다가갔다.

그의 목표는 성문을 여는 도르래.

야로스 자작성은 전형적인 성이었다. 물이 흐르는 해자가 성을 빙 두르고 있는데다 다리가 없었다.

유일한 통행 방법은 내려진 성문을 다리로 사용하는 것뿐.

만일 성문을 내린다면 아이란의 기사단과 정예병들이 기마를 타고 난입이 가능하다.

아이란은 바로 그것을 노리고 있었다.

스르륵.

아이란이 어둠에 숨어들었다.

잡기라면 잡기라고 할 수 있는 무공, 유령마공이란 것에서 사용하는 은신법으로, 유령마공을 익히지 않는다면 효율이 떨어지기에 그리 큰 효용을 기대할 수는 없지만 없는 것보단 낫다.

"켁!"

가끔씩 아이란을 발견한 이는 누구 하나 예외 없이 목을 부여잡으며 죽었다.

마침내 아이란은 성문을 조종하는 도르래를 발견했다.

성문의 양옆에 하나씩, 두 곳. 한 곳 당 병사가 둘씩 지키고 있었다.

이젠 이판사판이다.

아이란은 주먹만 한 돌을 하나 주워 왼쪽의 병사에게 집어 던졌다.

콰직!

날아간 돌은 병사의 두개골을 함몰시키며 얼굴을 완전히 부숴 버렸다.

"제, 제임스!"

옆에서 경계를 서던 병사가 깜짝 놀라 비명을 질렀다.

"무, 무슨 일이야?! 해리!"

다른 쪽에 있던 병사들이 그쪽을 돌아보았다.

"제, 제임스가 죽었어!"

"뭐?! 그게 무슨 말이야! 제임스가 죽다니!"

"습, 습격이다!"

상황을 알아챈 병사가 고함을 질렀다.

"어서 종을 쳐!"

"알, 알았……."

대답을 하며 종을 치려던 병사의 머리가 하늘 높이 떠올랐다.

툭, 데구르르.

병사의 머리는 아직 자신이 죽은 것을 알아차리지 못하는 듯 눈을 끔뻑였다.

병사의 끔뻑이는 눈 사이로 한 인형이 들어왔다.

바로 아이란이었다.

"누, 누구냐!"

병사 한 명이 창을 겨누며 경계했다. 그사이 다른 병사는 종을 쳤다.

땡땡땡!

땡땡땡땡땡!

아이란은 우선 이쪽 도르래를 감고 있는 쇠사슬을 검으로 절단했다.

리히트가 씌워진 검은 쇠사슬을 치즈처럼 부드럽게 잘라냈다.

그리곤 곧바로 다른 쪽 도르래를 향해 달려들었다.

놀란 병사들이 창을 내질렀지만 아이란은 창두를 잘라 버리며 무력화시켰다.

그들은 허둥지둥 옆구리의 칼을 꺼내려 했으나 아이란의 검이 더 빨랐다.

검날이 스친 그들의 목은 머리와 분리되어 두 개의 머리가 더 바닥을 굴렀다.

그때, 종소리를 들은 이들이 성문 앞에 거의 당도했다.

아이란은 재빨리 남은 한쪽의 쇠사슬을 갈라냈다.

끼이이이익!

쿠쿠쿠쿠쿵!

성문이 거친 소리를 내며 떨어졌다.

"성문이 열렸다!"

"누구냐! 누가 성문을 연 것이냐!"

고함 소리가 성안을 울렸다.

마침내 그들은 아이란을 발견했다.

"네놈은 누구냐!"

"네가 성문을 연 것이냐!"

"헉! 제임스! 해리!"

"제임스와 해리가 죽었다! 적이다!"

병사들이 고함과 비명을 질렀다.

그들이 우수수 무기를 겨눌 동안, 아이란은 품속에서 종이 하나를 꺼내었다.

그리고 그 종이에 오로라를 담자 종이에서 한 줄기 빛의 공이 하늘 위로 쏘아 올려졌다.

이들의 지휘관인 듯, 기사 하나가 아이란에게 호통을 쳤다.

"네 이놈! 무슨 짓을 한 것이냐!"

"잠시 후면 알게 되겠지."

"오냐, 네 사지가 찢어져도 그리 당당할 수 있나 보자. 저 놈을 제압해라!"

기사의 명령에 병사들이 달려들려 했다.

그때, 그들의 귓가에 이상한 소리가 들려왔다.

두두두두두두!

마치 수십 필의 말이 지면을 두드리는 것과 같은 소리.

그들은 아이란에서 시선을 떼 조금 더 멀리, 성문을 통해 보이는 공간으로 돌렸다.

그리곤 보았다.

이곳을 향해 돌진해 오고 있는 기마를!

백 필은 족히 넘어 보이는 기마대를!

땡땡땡땡땡!

＊　　　＊　　　＊

"우와아아아아아!"

내려진 성문을 밟고 검은 매 기사단과 정예 기마대가 난입했다.

조금 전까지 아이란을 제압하기 위해 성문 바로 앞에 있던 병사들은 기마대의 말발굽에 차여 떡이 되어 이곳저곳에 처박혔다.

그들을 막기 위해 야로스 자작성의 수비병들이 움직였지만 말을 타고 들어선 그들에게 보병은 손쉬운 먹잇감이었다.

"젠장! 대체 어떻게 된 것이냐!"

수비병들을 관리하는 대장이 비명을 지르듯 소리쳤다.

"모, 모르겠습니다! 갑자기 성안으로 난입한 누군가 쇠사슬을 끊어 성문을 내렸습니다!"

"갑자기 성안으로 나타났다니! 침입자를 허용한 것이냐!"

"죄, 죄송합니다!"

전력을 어둠에 숨겨 대기시키고 아이란 홀로 조용히 성벽을 넘어 성벽의 경비병들을 제압, 쇠사슬을 끊어 성문을 개방 후 검은 매가 난입한 것이지만 이들은 그것을 알 수 없었다.

"제길!"

지금으로썬 잘잘못을 따질 때가 아니었다.

수비대장은 난입한 적들을 노려보았다.

그들이 입고 있는 갑옷은 어두워서 잘 보이지 않았다. 그들은 기사와 병사들로 보였는데 간간히 불에 비춰진 갑옷엔 새와 같은 형상이 새겨져 있었다. 그리고 그는 이 형상의 갑옷을 입은 기사단을 알고 있었다.

"검은 매다! 검은 매 기사단이 쳐들어왔다! 막아라! 필사적으로 막아! 곧 우리 기사단이 당도할 것이다!"

그러나 그는 그 말을 하지 말았어야 했다.

그락서스 백작령 안에 사는 이라면 누구나 알고 있는 것이 있다.

바로 백작가의 기사단인 검은 매 기사단의 위용을.

그락서스 영지 제일의 기사단이라는 명성.

그 강대한 무력은 약자를 보호하고, 백작의 힘이라는 드높은 긍지와 명예를 가진 기사들.

어려서부터 그들의 이야기를 듣고 자라난 이들이다. 그렇기에 그들에 대한 동경이 있었다.

그 대단한 이들과 적으로 대치하게 된 것에 두렵지 않을 리가 없었다.

그 예로 벌써부터 손을 덜덜 떠는 이가 있을 정도였다.

그 대가는 바로 죽음.

검은 매 기사들의 메이스가 공기를 뭉갤 때마다 수비병들은 피를 뿜으며 쓰러졌다.

영지의 수비병이기에 양질의 갑옷을 입고 있지만 보통의 병사보다 나은 정도.

기껏해야 철제 투구와 가죽 갑옷, 체인메일을 걸친 정도였다. 그 갑옷들 밖에 드러난 연약한 맨살은 보호받지 못했다.

검은 매 기사들은 강철 갑옷도 우그러뜨릴 수 있는 실력자. 병사들의 갑옷 정도는 단번에 쳐낼 수 있는 실력이었다.

특히 말의 힘을 빌려 높은 곳에서 아래로 단번에 내려치니,

방패로 막아도 육신을 뭉개 버리는 괴력을 발휘했다.

곳곳에 피의 분수가 솟구쳐 웅덩이를 이루었다. 머리통이 터져 버린 시체가 뒹굴었다.

삼백의 수비병이 있었지만 검은 매 기사들과 일당백 그락서스 정예군의 힘을 당해내지 못했다.

그러나 성의 지휘관도 완전히 무능한 이는 아니었다.

게다가 그는 어느 정도 독한 마음을 가지고 있는 이이기도 했다.

"쏴라!"

슈슈슈슈슈슈슉!

"계속 쏴!"

슈슈슈슈슈슈슈슈슉!

직사로 쏘아진 화살이 얽혀 있는 양쪽 무리를 덮쳤다.

"아아아악!"

"살려줘!"

화살을 맞은 이들이 울부짖었다.

아이란의 검은 매보다 수비병의 피해가 컸다.

그러나 성과는 있었다. 아이란 쪽 기마를 무력화시킨 것이다.

화살을 맞아 놀란 말이 날뛰니 검은 매들은 내릴 수밖에 없었다.

멀쩡한 말도 시체로 장애물이 한가득 쌓인 지금은 운용이 불가능했다.

기마를 무력화시킨 지휘관은 새로운 병사들을 투입했다.

검은 매와 새로운 수비군이 다시 얽혔다.

깡!

결국 피의 웅덩이가 수십 개를 넘어 일백 개 가까이 되었을 때, 검은 매들의 전진이 멈추었다.

당도한 자작가의 기사와 정예병들이 검은 매들을 막아낸 것이다.

저벅저벅.

"긍지 높은 검은 매의 깃발을 단 이들이 야밤의 습격이라니, 정말 믿기지 않는구려. 깃발의 검은 매가 피눈물을 흘리고 있겠소."

나타난 인물, 자작가의 정예 기사단 붉은 소 기사단 단장 야콥 경이 조소하며 비아냥댔다.

"흥! 그것이 하극상의 반란을 저지른 수괴를 모시는 이가 할 말인가. 기사라면 주군께서 잘못된 선택을 하시지 않도록 막아야 하거늘, 그것조차 못한다면 그저 말 잘 듣는 개와 같은 것 아닌가."

발론 자작이 날카롭게 반격하자 야콥 경의 눈길이 사나워졌다.

"감히……!"

"건방지군, 감히란 나와 같은 이가 쓸 수 있는 말이다, 야콥 경."

발론 자작의 앞에 아이란이 나섰다.

"그대는 또 누구… 헉! 아이란 백작!"

야콥의 말에 아이란의 미간이 모아졌다.

"'백작'이 아니다, 야콥 경. '백작 각하'라고 불러라. 언제부터 내게 말을 놓을 수 있게 되었지?"

"……."

"말해보아라, 야콥 경. 이 그락서스의 대지를 밟고 있는 자 중 감히 어느 누가 내게 말을 놓을 수가 있는가? 그대의 주군인 야로스 자작인가? 아니면 또 다른 주군인 크란인가!"

아이란이 기세를 일으키며 야콥을 압박했다.

그 강렬함에 야콥이 한 발 뒤로 물러섰다.

"무릎을 꿇고 머리를 찧어라. 나의 자비를 구걸하라. 그렇지 않을 시, 그 목으로 죄를 사하게 될 것이다."

야콥과 기사단의 등장으로 조금은 회복되었던 수비병들의 기세가 그 볼품없는 모습에 다시 곤두박질쳤다.

그때 한 인물이 등장하면서 분위기는 다시 반전되었다.

"이 야밤에 소인의 집에 무슨 볼일로 오셨는지요? 야밤의 방문은 예의가 아닌 것으로 어릴 적 가르쳐 드린 것으로 기억합니다만, 백작 각하."

머릿결이 희끗한 노인, 야로스 자작의 등장이었다.

"야로스 자작인가."

"예, 맞습니다. 백작 각하의 충성스러운 신하, 야로스 자작
입니다."

"피식! 나를 찬탈자라 칭하지 않았나. 서신에선 아예 백작
취급도 해주지 않더니, 직접 찾아오니 백작 취급을 해주는군.
겁이 났나?"

"무슨 말씀을 하시든 저는 백작님의 충성스러운 신하입니
다."

야로스 자작의 말에 아이란이 웃음을 터뜨렸다.

"반란을 일으켜 놓고 충성스러운 신하라니. 당신 제법 웃
기는 재주가 있군. 왜 당신의 집에 왔냐고 했나? 그럼 답을 말
해주지. 투구걸이 세 개가 필요해서 말이야. 그것을 받으러
왔다."

투구걸이 세 개.

그 비유가 뜻하는 것을 알고 있는 야로스 자작이 빙긋 미소
를 지었다.

"호오! 제게 투구걸이 세 개가 필요하시다구요. 그런데 어
떡합니까. 제가 드릴 투구걸이는 없는데 말이죠. 오히려 제가
백작 각하께 하나 받아야겠군요."

이번에는 아이란이 웃었다.

"하하하!!"

"……."

"자작, 정말 웃기는 재주가 있어. 혹 목숨이 아까우면 언제

든지 말하게나. 내 광대로 살려줄 것이니.”

“무례한 폭언이십니다. 역시 어떤 천박한 핏줄인지도 알 수 없는 분다우십니다.”

서로의 혀에 비수를 씌우고 쑤셔댔다.

그러나 결국 말장난.

아이란은 이곳에 말장난을 하러 온 것이 아니었다.

“그런가. 어쨌든 내게 줄 것이 없다면… 내가 직접 받을 수밖에 없겠군.”

“백작 각하께서도 제게 주실 것이 없나 보군요. 그렇다면 충성스러운 신하인 제가 직접 백작님의 수고를 덜어드리겠습니다.”

그 말을 끝으로 다시 전쟁이 시작되었다!

“공격해라! 백작의 목을 베어라! 백작의 목을 베는 이에겐 그 누구든지 큰 상을 내릴 것이다!”

야로스 자작이 선언했다.

그는 어떻게 해야 사기가 고양될지 알고 있었다.

지금 같은 상황에서 더더욱 효과적인 방법을.

“누구든 백작의 목을 쳐라! 기사라면 봉토를 늘려줄 것이며 병사라면 기사가 될 수 있는 기회를 줄 것이다! 그리고 오늘 승리한다면 이 자리의 누구든 오천 페니를 지급할 것이다!”

어마어마한 포상이었다.

보통 사 인 가구당 한 달 생활비가 오백 페니 내외라는 것을 볼 때 기사들이라면 몰라도 수비병들이라면 눈이 돌아갈 액수였다.

"우와아아아아!"

과연 상이 걸리니 눈빛이 달라졌다.

그들의 눈에 검은 매 기사들과 백작의 정예군에 대한 두려움이 사라지고 포상에 대한 기대감이 자리 잡았다.

"쳐라!"

"야아아아아아!"

붉은 소 기사단과 수비병들이 달려들었다.

그들의 제1순위 목표는 아이란이었다.

당연 검은 매들은 아이란을 지키기 위해 필사적으로 적들을 막아섰다.

검은 매들이 실력을 뽐내기는 했지만 금방 막혀갔다.

붉은 소 기사단에 수비병들이 섞이자 수적으로 적은 검은 매들과 정예군은 조금 전처럼 이리 뛰고 저리 뛰는 활약을 펼치지 못했다.

게다가 그들의 적은 붉은 소 기사단과 자작군만이 아니다. 말락 부단장은 보이지 않았지만 배신한 영지의 기사들 역시 이곳에 있었다.

그러나 착실히 하나하나 적을 줄여간다!

그 각오로 검은 매들은 검을 섞었다.

그렇지만 붉은 소 기사단은 검은 매를 제외하곤 영지 제일을 다투는 기사단.

그들에 나름 정예병인 수비병들이 섞여 공격하니 검은 매들의 공격이 조금씩 막혀간다.

그때, 아이란이 나섰다.

"후읍!"

아이란이 호흡을 가다듬고 체내의 오로라를 끌어올렸다. 그러자 아이란의 검신을 타고 검은 어둠이 새하얀 뼈로 된 검신을 물들였다.

"리, 리히트!"

알아본 이들이 경악했다.

그중에선 야콥과 야로스 자작도 있었다.

그들 자신이 무를 수련한 벨라토르기에 알 수 있었다. 리히트를 다루는 것이 얼마나 뼈를 깎는 고통을 요하는 일인지.

아이란의 나이보다 더 큰 시간을 수련한 야로스 자작도 리히트를 펼치지 못한다.

그렇기에 야로스 자작은 느꼈다. 그리고 두려워했다.

리히트를 단 스물에 구사하는 아이란이 얼마나 괴물 같은지.

자신의 손자 크란?

과연 크란은 저 나이에 리히트를 다룰 수 있을까?

"하압!"

아이란이 마신강의 전사식, 악룡대조와 탐서충각을 펼쳤다.

리히트가 담기고 십전마신강의 힘이 담긴 초식이다.

한 번 검을 휘두를 때마다 삼조의 악룡이 발톱을 할퀴었고 탐욕스런 코뿔소가 뿔로 들이박았다.

아이란과 검을 맞대는 이는 족족 피를 뿌리며 죽어갔다.

병사는 더할 나위 없고, 두꺼운 갑옷으로 전신을 보호한 기사 역시 갑옷이 찢겨지며 치명상을 입고 죽어갔다.

마신삽창과 신마혼우정은 사용할 필요도 없었다.

아직 아이란의 오로라는 그리 많지 않았다.

게다가 일식과 이식만으로도 아이란은 무적의 신위를 뽐낼 수 있었다.

콰앙!

리히트를 발현한 후 처음으로 아이란의 검이 막혔다.

그의 검을 막은 이는 붉은 소 기사단장, 야콥이었다.

"진짜 리히트로군요. 굉장합니다."

야콥이 감탄을 터뜨렸다. 그러나 순수한 감탄은 아니다. 어두운 감정이 섞여 있었다.

그것은 질투.

단 스물의 나이에 리히트를 사용할 수 있는 아이란의 천재성에 야콥은 전율했다. 또한 질투가 일었다.

검을 맞대본 결과 진짜 리히트였다.

마법이나 속임수 따위로 발현할 수 있는 어설픈 힘이 아닌 경지에 오른 기사가 지닌 진정한 힘!

오로라를 집약한 결정체!

그가 리히트를 사용할 수 있게 된 것은 사십이 넘어서이다.

아이란의 나이는 그때 자신의 절반조차 되지 않았다.

질투가 크게 일자 절로 검초가 달라진다.

검을 들고 있는 이상 마음은 그의 검에 고스란히 담긴다.

지금 야콥의 검초.

살심이 깊게 일어난, 상대에게 치명상을 입히고 죽이기 위한 검초이다.

야콥의 검초가 무시무시한 살기를 내뿜으며 악랄하게 달려들었다.

보통의 기사였으면 꼼짝없이 그 살기에 제압되어 목을 내주었을 정도. 그러나 아이란은 보통의 기사가 아니다!

산전수전을 다 겪은 백전노장 진자겸의 기억을 가진 자.

강기(罡氣:Higher Licht)로 벌이던 살벌한 전투 역시 기억에 있다. 그런 기억을 가진 자다.

야콥의 살기보다 더욱 무시무시한 살기를 가진 이를 몇 번이나 겪어보았다.

무엇보다 그 자신이 그 당사자 중 한 사람이었다!

아이란 역시 무시무시한 살기를 발하며 검을 내질렀다.

그 살기에 야콥이 움찔했다.

쾅!

콰쾅!

검과 검이 부딪치며 폭음이 쏟아졌다.

리히트의 충돌로 떨어져 나간 빛은 주변인들을 덮쳐 피로 물들였다.

하지만 지금 두 사람에겐 그 일은 신경 밖이다.

곧바로 이어진 아이란의 악룡대조!

그것도 한 번이 아닌 두 번! 악룡이 두 번을 할퀴었다.

그것을 야콥은 두 다리로 굳건히 대지를 누르며 막아냈다.

악룡대조에 담긴 날카로운 힘에 피부가 따끔거렸다. 그의 갑옷에 여섯 개의 발톱이 긁혔다.

그러나 그는 대지에 두 땅을 박아놓고 한 치의 물러섬조차 없었다. 그리고 이번엔 그의 차례였다.

아이란의 검을 쳐낸 후 야콥은 아이란을 향해 검을 무수히 찔러댔다.

사실 초식으로 따지자면 무림의 무공보다는 이곳의 무술이 더욱 효율적이다.

정확히는 실전적.

무거운 강철 갑옷을 입고 싸우기에 초식이 단순하게 발달했을 것이라 생각하면 오산이다.

이곳의 무술은 어디까지나 사람을 죽이기 위해 만들어진 것. 사람을 효과적으로 죽이기 위한 온갖 방법이 개발되고 발전한 것의 정화이다.

그렇지만 정통 무림의 무공은 어디까지나 예의를 갖추고 살생보다는 자기수양에 적합한 것.

화산파의 매화검결, 무당파의 태극검혜 등 정통 정파의 이름난 무공이 이에 해당한다.

전쟁을 치러야 하는 군문이나 힘이 지배하는 마도나 사파는 정파와 반대였다.

그들의 무공은 살생을 위한 실전적인 초식이 주를 이룬다. 아마 실전적으로 따지면 이곳과 막상막하일 것이다.

하지만 그들의 최상위급 무공은 정통 정파와 마찬가지였다.

진자겸의 신마성 역시 마찬가지.

신마성 역시 중하위급이나 그렇지 상위로 올라가면 갈수록 자기 수양을 중요시하는 무공이었다.

그리고 지금 아이란이 익히고 있는 십절마신강 역시 실전적인 측면이 더없이 강하긴 하지만 궁극은 자신을 갈고닦아 마선의 길을 걷는 것이다.

물론 이러한 것들 역시 천외천의 경지에 달하면 아무 상관 없는 소리다.

그렇지만 아직 경지에 달하지 못한 싸움에서는 통한다.

지금 야콥의 수법 역시 검으로 활용하는 수법 중 제일 효율적인 찌르기를 엮고 엮어 무수히 찔러대는 것이다.

그렇지만 무공은 초식이 전부가 아니었다.

바로 지금처럼.

아이란은 검을 펼치며 검면을 따라 오로라를 넓게 퍼뜨렸다. 그러자 리히트로 된 막이 이루어지며 야콥의 찌르기를 막아냈다.

바로 검막!

이곳의 말로 웨폰 커튼이라고 불리는 기술이었다.

섬세한 오로라의 컨트롤 없이는 이룰 수 없는 기술. 그렇다. 무공에선 초식 역시 중요하지만 역시나 중요한 것은 내공이다.

초식의 효율은 뒤처질지 모르지만 오로라의 컨트롤은 중원이 더없이 뛰어났다. 비교조차 할 수 없을 만큼.

"허업!"

야콥이 놀랐다.

아직 그 자신도 오로라를 제대로 제어하지 못해 능숙하게 펼치지 못하는 웨폰 커튼을 아이란이 펼친 것이다.

그것도 더없이 능숙하게.

티티티티티티티티티팅!

그 자신이 아무리 찔러봤자 아이란의 웨폰 커튼에 모조리 팅겨 나갔다.

야콥의 두 눈에서 질투의 불꽃이 솟아올랐다.

도대체 저자의 천재성은 어디까지인가!

보통의 재능을 가지고 무던히도 노력해 이 자리에 올라선 그로서는 뼈에 사무치도록 질투가 이는 재능이었다.

질투가 분노를 일으키고 분노는 그의 검에 힘을 더했다.

쾅쾅쾅쾅!

그의 검이 웨폰 커튼을 찌를 때마다 번개가 치는 듯한 폭발음이 작열했다.

"젠장!"

야콥이 욕지거리를 내뱉었다.

방금 전 수십 번의 연속 찌르기는 야콥이 자랑하는 니들 스피어(Needle spear)란 기술이었다.

이제까지 이 기술이 전혀 통하지 않는 상대는 처음 보는 야콥으로선 욕이 나올 상황이었다.

그때 아이란이 야콥의 검을 크게 쳐낸 후 등을 돌려 검을 뺐었다.

쾅!

그것은 한 자루의 검이었다.

스르륵 모습을 드러내는 한 남자.

서른이 조금 안 되어 보이는 젊은 사내였다.

그가 입고 있는 갑옷에는 혓바닥을 내민 뱀의 문양이 그려져 있었다.

저 뱀의 문양은 분명 기억에 있었다. 저녁이라 어두워 확인이 잘 안 되지만 기억이 맞다면 아마 뮤톤 백작령의 붉은 뱀 기사단일 것이다.

"호오! 굉장하구려! 내 기습을 알아차리다니!"

"당신은 누구지?"

"본인의 이름은 아마르 뮤톤 발레로. 붉은 뱀 기사단의 단장이자 뮤톤 백작령의 후계자, 발레로 영지의 자작이기도 하오."

너무나 쉽게 밝히길래 아이란의 맥이 빠질 지경이다. 오히려 아이란이 물어볼 정도였다.

"그렇게 쉽게 가르쳐 줘도 되나?"

"뭐, 오늘 그쪽은 살아 돌아가지 못할 것이니 상관없지 않겠소? 그리고 아직 내 소개가 끝나지 않았소. 나는 덤으로 야로스 자작의……?"

아마르는 순순히 자신의 정체를 밝히면서 고개를 돌려 야로스 자작을 바라보았다.

야로스 자작은 무겁게 고개를 끄덕였다.

"좀 전의 제의를 수락하겠소, 발레로 자작."

"이걸로 동맹이로군."

"동맹이라… 그런 중요한 일을 이렇게 설렁설렁 진행해도 되는가?"

"뭐, 세상이 다 그런 것이 아니겠소? 어쨌든 동맹이 되었으니 자작께 동맹이 된 기념으로 선물을 하나 드려야 하는데……."

아마르가 천연덕스럽게 고개를 갸웃하더니 밝아졌다.

"아! 결정했소! 내 아이란 백작의 목을 드리리라. 어떻소, 야로스 자작? 최고의 선물 아니오?"

"정말 최고의 선물이 될 것 같군요."

야로스 자작이 고개를 끄덕였다.

"자! 그럼 백작의 목을 따볼까! 아참, 백작! 이것은 전쟁이니 내가 야콥 경과 합공하는 것은 전혀 문제될 것이 없소. 그렇지 않소? 그락서스 백작."

"뻔뻔하군."

"넉살 좋은 것이라 받아들여 주면 좋겠소. 어쨌든 백작, 이제 목을 내어주시오."

아마르가 빙그레 미소를 지었다.

야콥과 아마르, 이 둘이 힘을 합친다면 꽤 곤란할 것 같았다. 그렇기에 주변을 둘러보았으나 자신을 도와줄 이는 딱히 없었다.

발론 자작은 자작가의 부기사단장과 배신한 검은 매들의 합공을 받고 있었으며, 다른 이들은 수적 우위를 바탕으로 공격해 오는 이들을 막기에도 모든 힘을 다 쓰고 있었다.

"그대를 도와줄 이를 찾소? 안타깝게도 내 눈에는 없어 보이는구려."

귀신같이 눈치챈 아마르 자작이었다.

"그럼, 갑시다! 야콥 경!"

"예! 자작님."

야콥과 아마르가 달려들었다.

전방의 야콥, 후방의 아마르.

진퇴양난의 상황.

둘의 합공은 무시 못 할 수준이다.

아이란은 지극히 위험했다. 어쩔 수 없이 몸속의 오로라를 좀 더 끌어 올리는 수밖에 없었다.

불사성체를 대성하지 못했기에 불완전하지만 방법이 없었다.

'내게 남은 것은 속전속결뿐.'

불사성체로 이루어진 불사진기가 몸을 단단히 하고, 마신 강림공에 의한 마신진기(魔神眞氣)가 검으로 흘러 들어갔다.

펜리르의 송곳니에 휩싸인 검은 어둠이 더욱 진해졌다.

검이 탐욕스럽게 주변의 빛을 먹어치워 주위를 어둠으로 물들이는 것 같았다.

대적한 두 사람은 그 모습을 놓치지 않았다.

둘은 본능적으로 아이란이 강력한 공격을 할 것이란 걸 알았다.

"하압!"

일기가성, 우렁찬 고함 소리와 함께 아이란이 검을 흙바닥에 찔러 넣었다.

둘은 아이란의 돌발행동에 당황했다.

검을 바닥에 꽂다니? 이게 대체 무슨 상황인가! 대체 무슨 짓이지?!

그때, 바닥이 들썩였다.

본능이 경고성을 울렸다. 둘이 몸을 뒤로 내빼려던 찰나!

콰아앙!

폭발과 함께 아이란을 중심으로 기의 소용돌이가 몰아쳤다.

놀랍게도 소용돌이는 리히트로 이루어져 있었다. 아이란의 리히트답게 검은 리히트의 소용돌이는 둘을 집어삼켰다.

지절의 삼 초식, 마신삽창의 한 수!

모든 것을 휩쓸어 버리는 파괴와 폭력, 극강의 태풍!

기의 소용돌이가 모든 것을 집어삼킨다!

"크아아악!"

"으아아아!"

야콥과 아마르가 비명을 질렀다.

워낙 굉장한 광경이었기에 잠시 전투가 소강되고 모두 지켜보고 있을 정도였다.

"하아하아……."

아이란이 거친 숨을 내뱉었다.

전신에서 공허감이 느껴졌다.

한순간 전신에 저장된 대부분의 오로라를 쏟아냈기 때문이다. 지치는 건 당연한 수순이었다.

소용돌이가 사라지고 둘의 모습이 드러났다.

둘의 상태는 처참했다. 입고 있던 갑옷이 찢길 정도이니 무엇을 말하랴.

온몸에 성한 곳이 없는 야콥과 아마르는 죽음을 맞이한 것 같았다.

아마르에 비해 반응이 살짝 느렸던 데다, 특히 힘이 집중된 야콥은 전신이 온전히 남아 있지 않았다.

야로스 자작을 비롯한 자작군의 표정이 딱딱하게 굳었다.

그때였다.

아마르의 몸이 꿈틀거리더니, 떨어뜨렸던 검을 지팡이 삼아 일어섰다.

"크ㅇㅇㅇㅇ……."

후들거리며 몸을 가누는 아마르.

그때, 그에게서 한 차례 기의 파동이 느껴졌다.

아이란의 가슴이 두근거렸다. 익숙한 파동, 몇 번을 겪어본 파동이다.

그런데 생각나지 않는다. 마치 기억을 칼로 도려낸 것 같다.

그사이 아마르는 떨림을 진정시키며 오히려 좀 전보다 더욱 날카로운 기세를 쏟아냈다.

놀랍게도 몸의 상처 역시 급속도로 나아진 듯했다.

"크으! 굉장하군."

아마르가 검을 아이란에게 겨누었다.

아이란 역시 검을 뽑아 겨누었다.

"뭣들 하느냐! 쳐라!"

야로스 자작이 소리쳤다.

그의 음성이 다서 전투의 시발점이 되어 두 진영은 서로를 향해 달려들었다.

*　　*　　*

"깃털(Feather)을 알고 있소?"

서로를 향해 검을 겨누고 있는 둘. 검을 든 이상 입이 아닌 검으로 대화를 하는 이들이 바로 벨라토르이다. 그런데 갑자기 아마르가 입을 열었다.

"……?"

"당신은 또 다른 깃털인 것이오? 아니면 날개(Wing)인 것이오?"

아이란의 눈이 가늘어졌다.

깃털 또는 날개라니?

맥락을 알 수 없는 말에 아이란은 의아함을 감출 수 없었다. 아마르가 왜 그런 것을 묻는 것일까?

"그게 무슨 뜻이지?"

"정말 모르시오? 아니면 숨기고 있는 것이오?"

“무슨 뜻인지 물었다.”

아마르가 고개를 설레설레 저었다.

“그건 가르쳐 드릴 수 없소. 궁금하다면 날 쓰러뜨린 후 강제로 알아내시오.”

아마르가 검에서 날카로운 기세가 아지랑이처럼 피어오른다.

아니, 검뿐만이 아니다. 그의 전신에서 기세가 조금씩 끓어올랐다.

“지금 이 순간 나는 모든 것을 놓기로 했소. 내 주변을 속박하던 모든 것을. 그렇기에 나는 기사로서 최선을 다하겠소. 조금 전 나의 행동 역시 사과드리는 바이오.”

정중한 목소리로 아마르가 말했다.

“그러니 각오하시오!”

아마르의 기세가 폭발적으로 증가했다.

아까와 같다. 묘하게 익숙한 느낌이었다. 아이란으로서가 아닌 다른 쪽으로 익숙한 느낌.

조금만 더, 시간이 있다면 무언가 알아챌 수 있을 것 같았다.

조금의 시간만 더 있다면 칼로 도려내진 것 같은 그 기억의 단편이 잠깐이나마 고개를 내밀 것만 같았다. 그러나 아마르는 그럴 시간을 주지 않았다.

“하압!”

아마르가 달려들었다.

쉐엑!

사납게 검들이 달려들었다

아이란과 그의 검이 치열하게 얽혔다.

은백색 리히트와 검은색 리히트.

달과 어둠이 서로를 포식하려 달려들었다.

목을 노리는 아마르의 검에 아이란은 머리를 숙여 검을 피해내며 검을 찌르려 했다. 그러나 아마르의 발길질에 재빨리 뒤로 물러나야 했다.

"하!"

아마르의 검이 무섭게 따라붙었다. 아이란은 검을 휘둘러 아마르의 검을 튕겨냈다.

캉!

손목이 저려왔다.

검을 털어 안에 담긴 힘을 최소화시켰건만 이런 위력이라니.

아마르의 힘은 정말 굉장했다.

그렇기에 아이란은 수비적인 자세를 취해야 했다. 그러나 아이란은 간간히 반격을 가했다.

카아아아아앙!

몇 번의 공방 끝에 아이란의 검이 아마르의 가슴을 훑었다.

그러나 그가 입고 있는 갑옷을 가르는 정도로 멈추었다. 아마르가 몸을 뒤로 뺐기 때문.

"위험할 뻔했군."

아마르가 멀찍이 떨어지며 호흡을 가다듬었다.

아이란 역시 마찬가지로 거칠어진 호흡을 가다듬는 그때, 아마르가 위에서 아래로 크게 한 번 베었다.

그러나 검이 전혀 닿지 않는 거리에서 저런 공격을 해보았자 통할 리가……!

"크윽!"

아이란이 반사적으로 검을 휘둘렀다.

눈부신 은백색의 마치 초승달과 같은 모양의 리히트가 아이란의 검과 충돌했다.

지지지지지지지지지지직!

기운과 기운의 충돌!

벽력이 들끓는 소리가 울렸다.

아이란은 검을 비틀어서 초승달을 하늘 위로 튕겨냈다.

리히트는 강호로 치자면 검기와 같다. 검기를 날리는 것은 절정고수나 되어야 사용할 수 있는 수.

아마르는 5랭크 중에서도 상위의 벨라토르임이 틀림없었다.

처음 마신삽창의 기습적 사용이 아니었으면 큰일 날 뻔했다.

이런 인물이 야콥과 합공을 진행했으면 상당히 난처했을

것이다.

아마 십중팔구 목숨이 위험했을 터.

"과연! 크레센트 문(Crescent moon) 정도로는 턱도 없구려."

예상했다는 듯 아마르는 담담히 말했다.

"그렇다면 이것은 어떤지!"

다시 한 번 아마르가 검을 휘둘렀다.

이번엔 초승달이 아니었다!

좀전의 눈썹 모양과 달리 이번엔 달을 절반으로 뚝 잘라 놓은 반달!

하프 문(Half moon)이다!

힘에는 힘!

정면으로 깨주마!

아이란이 검을 탐서충각의 자세로 찔렀다.

힘이 골고루 분산되는 베기보다는 한곳으로 집중되는 찌르기가 더 강한 법이다!

아이란의 검과 하프 문이 부딪쳤다!

콰콰콰콰쾅!

좀 전의 소리는 얌전한 것이었다는 듯 어마어마한 소리가 장내를 가득 채웠다.

"하아아아압!"

아이란이 기합을 넣으며 두 팔에 힘을 꽉 주었다.

팔을 타고 마신진기가 검으로 더욱 넘어갔다.

아니, 마신진기뿐이 아니다.

심장에 자리한 불사진기 역시 주인의 위급함을 알고 힘을 보탰다.

투투투툭, 챙!

결국 금이 가는 소리와 함께 하프 문의 리히트가 깨졌다. 깨진 리히트는 날카로운 비수가 되어 주변을 덮쳤다.

다행히 아이란 쪽보단 야로스 자작 쪽 인원의 피해가 컸다.

정예로 구성해 온 만큼 그 능력을 발휘하는 것이다. 그러나 아이란은 그것을 신경 쓰고 있을 시간이 없었다.

스악! 스악! 스아아악!

무수히 많은 크고 작은 초승달이 공기를 갈랐다.

이건 도저히 막을 수 없다.

처음엔 막을 수 있겠지. 그러나 한 번 막기 시작하면 계속 막아야 한다.

과연 아마르의 공격이 끝날 때까지 버틸 수 있을까?

아마르의 포스 탱크가 바닥나는 것이 빠를까, 내 오로라가 바닥나는 것이 빠를까.

그렇다면 결론은!

'비천공무보!'

생각과 동시에 오로라가 저절로 뻗어간다.

전신, 세포 하나하나에 저장된 오로라가 발바닥의 용천혈로 몰려들었다.

탁!

아이란이 땅을 박차고 뛰어올랐다.

파앙!

공기가 터져 나가는 소리!

그 자리에서 사라진 아이란은 아마르의 뒤에 나타났다. 그곳에서 아이란은 다시 발을 밟았다.

콰앙!

진공폭이 터져 나갔다.

실전에선 처음 사용해 보는 진공폭이지만 이 느낌은 그 무엇보다 익숙하다.

"크윽!"

진공폭의 막강한 위력에 아마르가 움찔했다.

검을 맞대는 것이 아니기에 웨폰 커튼 같은 종류가 아니라면 진공폭을 막을 순 없다!

그리고 그 덕분에 가지게 된 찬스!

"하압!"

아이란의 검이 아마르의 심장을 향해 비수가 되어 찔러 들어갔다.

그때, 아마르의 전신에서 빛이 번뜩였다.

"커억!"

빛과 함께 발생한 충격파가 아이란을 거칠게 튕겨냈다.

그 충격에 공중에 떠오른 아이란은 겨우 균형을 잡아 착지할 수 있었다.

척!

둘의 검끝이 서로의 심장을 향했다.

일촉즉발의 상황이다.

상대에게 틈이 난다면 즉시 그 심장을 찌를 준비가 되어 있었다.

"강하구려, 백작."

"그대 역시."

서로 한 대씩 주고받은 상황.

아직 누가 유리하고 누가 불리하다고 할 수 없었다. 따지자면 동수.

그러나 언제까지 대치하고 있을 수만은 없었다.

지금 그들의 주변에선 치열한 전투가 계속되고 있었다. 특히 아이란으로선 부담을 안 가질 수가 없는 상황이다.

아마르는 어디까지나 동맹일 뿐인 야로스 자작가다. 그리고 그들과 전투를 벌이고 있는 적은 바로 아이란의 검은 매 기사단.

아이란으로선 아마르의 심장을 향해 칼을 박아 넣고 아군을 도와야 했다.

그 마음이 아이란을 움직였다.

그러나 그와 함께 아마르 역시 움직였다. 아니, 먼저 움직였다.

아마르가 검으로 아이란을 향해 천천히 원을 그렸다. 그러자 검신의 리히트가 대기에 형태를 갖추며 풀 문(Full moon), 보름달이 갖춰졌다.

보름달은 아이란을 향해 쏘아졌다.

아이란은 피할 생각을 못 했다.

저것은 피하면 더 위험한 것이다.

아이란은 그에 맞서 검을 머리끝까지 들어 올린 후 천천히 내려쳤다.

고오오오오오!

쩌쩌쩡!

아이란과 아마르 사이, 풀 문이 날아오고 있는 그 공간. 그 공간에서 파열음이 들려왔다.

"크윽!"

아마르가 신음을 흘렸다.

마치 산이 누르는 것 같은 어마어마한 압력이 아마르를 사방에서 압박하고 있었다. 내장까지 뒤틀리는 것 같은 충격이 아마르를 강타했다.

아마르의 등허리에 식은땀이 맺혔다. 그러나 아마르는 굳건한 정신력으로 눈 한 번 감지 않으며 앞을 주시했다.

이러한 압력을 발하는 저 가공할 기술 역시 자신의 보름달이 아이란에게 닿는다면 끝날 뿐이다.

　그러나 아이란의 공격이 비교적 떨어져 있는 아마르에게
도 그러한 압력을 전해주는데 중간의 보름달은 어떻겠는가.
　리히트로 견고히 만들어진 보름달이 압력에 짓눌러져 조
금씩 찌그러져 갔다.
　슈아아악…….
　찌그러져 생긴 틈에서 리히트가 조금씩 빠져나갔다. 빠져
나간 리히트의 양만큼 보름달의 크기는 줄어들었다.
　그렇지만 보름달은 계속 아이란에게 다가왔다.
　이제 이것은 보름달이 닿기 전 아이란이 아마르를 끝내느
냐, 결국 보름달이 닿고 아이란이 끝나느냐의 싸움.
　모 아니면 도나 마찬가지의 상황이다.
　마침내 아이란이 검을 끝까지 내리는 순간!
　"커어억!"
　푸화아아악!
　아마르가 피를 내뿜으며 쓰러졌다.
　그러나 아이란은 승리를 기뻐할 수 없었다.
　아이란의 가슴 중앙이 피로 물들어 있었다.
　주먹 하나 크기 정도까지 줄어든 보름달이 결국 아이란에
게 닿은 것이다.
　불사성체의 힘으로 가슴 한복판에 구멍이 뚫리는 일은 막
았지만 위중한 상처임은 틀림없었다.
　양패구상(兩敗俱傷).

적도 쓰러지고 자신도 크나큰 상처를 입은, 지금의 상황에 더없이 어울리는 말이다.

그렇지만 아이란은 아마르와 다르다.

아이란에게 이 상황은 양패구상이 아닌 육참골단(肉斬骨斷)!

불사진기가 피를 통해 상처 부위에 집중되었다. 그러자 출혈이 멎고 상처가 조금씩 치유되어 갔다.

극성으로 익힐 시 혼백만 남아 있다면 육체를 재구성하여 되살릴 수도 있을 정도의 불사성체.

그 효용이 진가를 발휘했다.

"퉤!"

아이란이 가슴에 쌓인 피를 뱉어냈다.

주변을 둘러보니 팽팽하던 싸움이 아이란 쪽의 우세로 돌아서고 있었다.

"우와아아아아!"

"밀어붙여!"

아이란이 아마르와 야콥을 처리한 데다 발론 자작 역시 합공하던 이들을 처리하고 다른 이들을 돕고 있었다.

"젠장! 뭣들 하느냐! 어서 죽이란 말이야!"

야로스 자작은 처음의 그 여유로운 태도는 어디 가고 고래고래 소리를 지르고 있었다.

그러다 아이란과 눈이 마주쳤다.

움찔!

"백작을 죽여라! 어서! 다른 놈들은 놔두고 백작을 죽여!"

삿대질을 하며 소리치는 야로스 자작. 그러나 그의 말을 듣고 아이란에게 달려들 간 큰 인물은 없었다.

아마르와의 무시무시한 격전을 본 덕분이었다.

어쩌다 아이란이 부상을 당한 것을 믿고 공명심에 달려드는 이들이 있었지만 아이란은 단칼에 그들을 제압했다.

아이란은 그 후 적극적으로 움직였다.

위험에 빠진 아군이 있으면 그곳으로 달려들었으며, 적군이 뭉쳐 있는 곳엔 그 누구보다 먼저 뛰어들었다.

기사단장들도 감당 못하던 아이란이 달려들자 병사들은 혼비백산해 무기를 떨어뜨리며 항복했다. 심지어 오줌을 싼 이들도 있을 정도.

그사이 살아남은 적들은 야로스 자작을 중심으로 집결했다.

검은 매 기사들과 병사들 역시 아이란의 뒤쪽에 포진했다.

두 진영이 대치하고 있지만 모습은 천지차이.

피와 흙먼지를 뒤집어쓰고 있는 몰골은 같았지만 한쪽은 패배의 두려움이, 한쪽은 승리의 기쁨이 자리하고 있었다.

사기가 떨어질 대로 떨어진 야로스 자작군.

척!

아이란이 야로스 자작을 향해 한 발 다가섰다. 매서운 기세가 일어 야로스 자작과 그들을 짓눌렀다.

척!

한 발 더 다가섰다.

그러자 아이란의 앞길을 막은 이들이 옆으로 물러섰다.

단 두 걸음.

바다가 갈라져 길이 생긴다는 전설처럼, 이 순간 길이 만들어졌다.

아이란은 아무런 저항 없이 야로스 자작의 앞에 설 수 있었다.

"하극상으로 인한 반역죄. 할 말 있나? 야로스 자작."

부들부들!

야로스 자작이 부들부들 떨었다.

"마음 같아선 당장에라도 목을 치고 싶지만, 아직은 살려두도록 하지."

야로스 자작은 덜덜 떨 뿐이다.

"야로스 자작을 포박해라. 그리고 남은 이들은 순순히 항복할 시 선처해 주겠다. 순순히 무기를 내려놓아라."

병사들이 서로의 눈치를 보다 하나둘씩 무기를 땅에 버렸다. 그러자 순식간에 모두 무기를 버려두었다.

기사 중에서도 몇 명은 무기를 버렸을 정도였다.

"우리는 항복하지 않겠소."

기사 몇 명이 반항하자 아이란이 손짓했다. 그러자 발론 자작과 기사 몇몇이 그 기사들을 제압했다.

챙챙!

"커억!"

"으아아아악!"

마지막 남은 이들이 정리되었다.

"반항한 이들은 지하 감옥에 가둬둘 것이다. 항복한다면 무기와 갑옷은 압수하겠지만 감옥에 가두진 않겠다."

그 말에 망설이던 이들이 무기를 내려놓았다.

잠시의 소동 사이 야로스 자작은 밧줄로 완벽히 포박되었다.

"이놈들! 당장 이것 풀지 못하겠느냐! 아이란, 네 이놈!"

야로스 자작은 눈이 새빨갛게 물들어 아이란을 노려보았다.

분노가 공포를 잠시 누른 것이다.

"본디 그락서스는 우리 야로스 가의 것이다! 이 더러운 침략자의 무리야! 당장 이 포박을 풀어주고 내 땅을 돌려놓아라!"

야로스 자작이 고래고래 소리쳤다.

사실 그의 말이 완전히 틀린 것은 아니었다.

본디 알피나 섬은 알피안이란 인종이 살고 있는 땅.

이들은 알피나 섬 전역에서 부족을 이루며 살고 있었다. 그러나 지금으로부터 육백 년 전.

발라티아 대륙의 강대한 제국 마기스탄의 공작 그라난이 대함대를 이끌고 알피나 섬을 침략했다.

강대한 마법과 굳센 철기로 무장한 이들에게 청동검을 든 알피나 섬의 알피안들은 상대가 되지 않았다.

결국 이들은 그라난 대공의 군대에 밀려 섬의 북쪽으로 쫓기고 쫓겨났다. 그렇게 형성된 곳이 북부였다.

그 후 알피나 섬은 그라난 공작이 대공이 되어 세운 그라나니아 왕국에 편입되었다.

그 과정에서 북부는 영지의 주도권을 차지하기 위해 쫓겨난 이들끼리 내전을 치루었는데, 그락서스 영지에선 두 개의 부족이 남았다.

섬의 중앙 출신 이주 민족인 그락서스 부족과 땅의 원주인인 야로스 부족이었다.

그 후 양패구상을 우려한 그락서스 부족과 야로스 부족은 합의를 하게 되고 세력이 우세한 그락서스 부족이 영지를 차지하고 백작이 된 대신 야로스 부족은 영지의 일부와 자작의 자리를 영구 임대식으로 차지하게 되었다.

"하나 그것은 이미 육백 년 전의 일이다. 그리고 그 당시 가주들께서 합의를 하신 상황이었다. 지금 와서 당신이 주장해 봤자 헛된 소리일 뿐이지."

"닥쳐라! 당장 우리 가문의 땅을 돌려내라!"

아무런 무게도 담겨 있지 않는 그저 무시하고 지나갈 소리.

“이제 야로스 자작가는 끝이로군.”

짧은 감상.

그동안 자신을 괴롭히던 족쇄를 풀었지만 그리 기쁘지 않았다.

고함을 질러대는 야로스 자작을 무시한 채 아이란은 야로스 자작성에 들어섰다.

그와 함께 들어선 기사들과 병사들은 발론 자작의 전두지휘 하에 루디아와 크란을 찾았다.

“1층엔 없습니다!”

“2층 역시 마찬가지입니다.”

“그 위층들 역시 없습니다!”

“지하는 너무 넓어 수색에 시간이 조금 걸릴 것 같습니다!”

도망쳤나.

비밀 통로 등을 통해 도망친 것이 틀림없었다.

야로스 자작에게 너무 시간을 끈 것일까? 아니, 전투가 시작되었을 때 이미 도망쳤을 수도 있었다.

‘중요한 것을 또 깨달았군.’

아이란은 진자겸의 기억을 가진 후 그것에 빠져들며 주변을 소홀히했다.

혹시나 싶어 준비를 했음에도 방심한 덕분에 일이 커졌다.

그렇기에 그는 이번 사태를 통해 뼈저리게 깨달았다.

방심은 죄악이다.

직접 몸으로 체득한 중요한 깨달음.

실수는 반복하지 않으면 된다. 아이란은 다시는 방심하지 않을 것이다.

크란과 루디아가 도망친 것 역시 마찬가지다. 다음엔 좀 더 철저히, 도망칠 수조차 없게 만든다.

아이란은 깨달음을 곱씹고 또 곱씹었다.

CHAPTER

6

확신을 가지고 시작하는 사람은 회의로 끝나고 기꺼이 의심하
면서 시작하는 사람은 확신을 가지고 끝내게 된다.

If a man will begin with certainties, he shall end in doubt, but
if he will be content to begin with doubts he shall end in
certainties.

—프랜시스 베이컨(Francis Bacon)

“반항하던 이는 모두 지하 감옥에 수감하였고 항복한 이는 모두 해산시켰으며, 성을 지킬 인원을 빼고 모두 출발할 준비를 마쳤습니다.”

사르락.

“파를론 야로스는?”

몇 시간 전까지 야로스 자작이었던 전 야로스 자작의 이름이 바로 파를론이었다.

반란으로 자작의 작위를 박탈당한 지금, 그는 그저 일개 평민일 뿐이다.

“기사 둘이 눈을 부릅뜨며 감시하고 있습니다. 안심하고 계셔도 좋습니다."

"그렇군."

아이란은 발론 자작을 돌아보지도 않고 대답했다.

그는 조금 전까지 파를론의 집무실이었던 곳에서 각종 서류를 살펴보고 있었다.

"아마르 자작은 어떻지?"

아이란의 비장의 수였던 전사식 신마혼우정에 당했지만 아마르는 살아 있었다.

"응급 치료를 거친 후 신변을 구속 중입니다. 여전히 의식이 없습니다."

"잘했네. 중요한 포로일세. 잘 관리하도… 음!"

서류 사이 끼어 있던 편지를 살펴보던 아이란이 침음을 흘렸다.

"무슨 일이십니까, 백작 각하?"

아이란은 발론 자작에게 들고 있던 편지를 넘겨주었다.

―파를론 야로스 자작 친전.

친애하는 파를론 야로스 자작에게, 귀공과 귀공의 가문에 무궁한 영광과 발전을 기원합니다.

본인은 뮤톤 백작령의 영주인 말라카 뮤톤입니다.

귀공과는 일면식이 있지요.

오 년 전, 국왕 전하의 탄신제의 왕궁 무도회에서 만난 귀공의 모습이 아직 생생합니다.

우리는 마음이 잘 맞는 친구였지요.

본인은 우리가 친구를 넘어선 가족이 될 수 있을 것이라 생각합니다.

본인은 기억하고 있습니다.

현 '그락서스' 백작령이라 불리우는 대지가 과거에는 '야로스'라고 불리웠던 사실을.

본인은 아직도 통탄을 금치 못하고 있습니다.

적법한 주인이 있는데 적법한 권리를 행사하지 못한다니.

그것은 귀공에 대한 모욕이며 귀가에 대한 모욕입니다. 또한 적법한 대지에 적법한 권리를 행사하는 모든 귀족, 작게는 본인이며 크게는 국왕 전하까지 포함되는 크나큰 모욕입니다.

본인은 귀공이 적법한 권리를 찾고 행사하고자 한다면 귀공과 귀가에 대한 어떤 도움도 마다치 않을 것입니다.

"크흠……!"

발론 자작이 신음을 흘렸다. 그는 계속 읽어 내렸다.

물론 이러한 일에는 증표가 필요하지요.

그렇기에 본인은 앞서 말했던 그대로 가족이 되고자 합니다.

'피는 물보다 진하다'라는 말이 있지요.

그 말을 저는 믿습니다.

어떻습니까? 진짜 가족이 되는 것이.

귀공께는 장성한 손자가 계시지요? 본인에게는 늘그막에 얻은 딸이 있습니다.

이 편지를 전달한 아마르 단장의 늦둥이 동생이지요.

어떻습니까?

귀공의 가문과 본인의 가문의 결합은?

만일 성사가 될 시 본인은 사위가 될 크란 공자가 백작 위에 등극하는 것을 위해 최선을 다해 도움을 드릴 것입니다.

여기까지 읽고 발론 자작은 편지를 내려놓았다. 더 이상 중요한 내용도 없었다.

밑의 글은 미사어구가 범벅된 서로를 높여주는 말뿐이다.

"큰일 날 뻔했습니다."

"그렇지."

아이란이 동의했다.

혼인 동맹.

두 가문의 피가 하나로 합쳐지는 것만큼 확실한 담보는 없다.

실제로 맥나타니아 왕국의 왕가는 초대 몇 대까지는 지방의 유력 세력가와 전부 혼인 관계를 가져 그들을 끌어들였다.

그 힘을 바탕으로 왕국을 강화시키고 왕권을 강화시켰다.

그런 만큼 아마르 자작이 답을 가지고 돌아가기 전에 제압해서 다행이었다.

만일 아마르 자작이 답을 가지고 돌아갔다면 뮤톤 백작령에선 '약혼자'의 자격으로 그락서스 백작령의 전쟁에 뛰어들었을 것이다.

만일 뮤톤 백작령이 작정하고 그락서스의 내전에 개입했다면 일이 어떻게 되었을까?

발론 자작은 고개를 저었다.

생각하기도 싫었다. 그러나 아직 끝나지 않았다.

"아무래도 크란 공자와 루디아 대부인께선……."

"뮤톤 백작령으로 간 듯싶군."

아마 야로스 자작은 탈출로를 가르쳐 주며 그들에 뮤톤 백작령으로 가라고 하였을 것이다.

그 뒤는 보지 않아도 뻔하다.

"조만간 집안에 경사가 나겠는걸."

"저희 입장에선 흉사입니다."

조만간 뮤톤 백작을 등에 업은 크란이 반격을 가해올 것이다.

영지의 내전이 끝이나니, 외부에서 끼어드는구나.

이 몸뚱어리의 고난도 만만치 않구나.

과연 언제 매듭진 고리가 풀릴 것인가.

"자, 그럼 돌아가지. 발론 자작."

“서류는 모두 확인하셨습니까?”

“아니. 그러나 중요한 서류는 대부분 확인했네. 주둔하는 병사들을 시켜 이 방의 문과 창을 못으로 박아 봉인시켜 놓도록 하게. 기사 한 명을 감시역으로 세워두고.”

“예!”

발론 자작이 나가자 아이란은 집무실 한곳에 따져 있는 포도주를 집어 들었다.

“좋은 포도주군. 승리의 이름을 가진 포도주라.”

승리.

그 얼마나 달콤한 단어인가.

그 얼마나 두려운 단어인가.

“나는 승리하겠다.”

이 순간 그는 깨달았다.

자신의 삶의 목표를!

그의 영혼의 반쪽이 울리고 있다!

이제까지 살아온 수동적인 삶을 능동적으로 바꿀 열쇠를!

승리!

나는 모든 것에서 승리하겠다.

나를 감싸고 있는 모든 것에서 승리를 하겠다!

그렇게 마음을 먹는 순간!

고동이 울렸다!

둥—! 둥—!

그의 영혼의 한켠에서 울리고 있는, 영혼의 고동!

자신이 살아 있고 승리를 목표로 하는 한 계속해서 마음 한켠에서 언제나 울릴 고동!

그것에 맹세하겠다.

그 누구도 나에게 패배를 심어줄 수는 없다.

승리하고 또 승리하여, 더 이상 승리를 할 수 없는 곳까지 올라가겠다!

이것이 바로 아이란이자 진자겸의 목표!

"지금 이 순간을 축하해야겠군."

그는 깨끗한 잔을 찾아 포도주를 따랐다.

붉은 피와 같은 포도주가 잔 안에서 넘실거린다.

"당신은 너무 일찍 이 병을 땄어."

아이란은 야로스 자작을 비웃어주며 단숨에 꿀꺽 들이켰다.

"좋군."

쨍그랑!

바닥에 던져진 유리잔이 산산조각 났다.

*　　*　　*

"저, 백작 각하……."

발론 자작이 불안한 표정으로 말을 걸었다.

아이란은 왜 그러냐는 듯 쳐다보았다.

"조금 더 속도를 올려야 하지 않겠습니까?"

"지금도 빠르지 않나?"

"예, 지금도 빠르긴 합니다만 조금 더 속도를 올릴 여유가……."

말꼬리를 흐리며 대열을 바라보는 발론 자작.

그의 얼굴엔 걱정이 가득했다.

"걱정하지 말게. 올 때와는 달리 도로를 통해 가니 속도도 빠르지 않나?"

올 때는 눈에 띄지 않기 위해 온갖 험한 지형을 통해서 왔지만, 갈 때는 잘 닦인 도로라 편하기도 하거니와 속도 역시 빨랐다.

"그렇지만 백작성의 상황이……."

"알겠네. 속도를 올리도록 하지."

발론 자작은 기뻐하며 옆의 기사에게 신호를 보냈다. 그러자 기사는 말의 안장에서 숫양의 뿔 나팔을 꺼냈다.

뿌우우우우우!

"하아! 하아!"

뿔 나팔의 소리가 크게 울리자 말을 탄 기사와 병사들은 말을 재촉했다.

잘 닦인 도로에 증가한 속력 덕분에 아이란이 이끄는 병력은 하루를 꼬박 달려왔던 전과 비교되게 반나절이 조금 안 되어 백작성 인근에 도착할 수 있었다.

마지막 재정비를 마친 이들은 백작성을 향했다.

그리고 도착한 이들은 놀랐다.

치열한 공선전이 펼쳐졌어야 할 곳이 너무 조용하다. 성벽은 전혀 손상이 없어 보이고 성벽 밑에 널려 있어야 할 시체가 단 한 구도 보이지 않았다.

그때, 공터에 주둔 중이던 반란군의 병영로부터 일단의 기마가 달려왔다.

바로 반란군의 수뇌부와 그 호위들.

그들을 보자 기사들과 병사들의 기세가 자연스레 일어났다.

마침내 마주한 두 무리.

성급한 기사와 병사 몇은 벌써부터 각자의 무기를 뽑았다.

그들은 아이란의 명만 내려진다면 당장에라도 저들에게 무기를 내려칠 것이다.

"오셨습니까!"

베르만 자작의 후계자 뮤토스 베르만과 르아닌 가주의 동생 제펠 르아닌.

거기다 백작을 배신한 영지의 수석 마법사 젤만까지.

그들은 아이란을 보자마자 말에서 내려 경례를 올렸다. 그 모습에 아이란 쪽의 기세가 당황으로 요동쳤다.

"작전은?"

"예! 작전은 성공했습니다!"

뮤토스가 자랑스러운 듯 씩 웃으며 당당히 밝혔다.

"각, 각하!"

발론 자작이 혼란스러운 듯 얼빠진 표정을 지었다.

그에 아이란은 피식 미소를 지었다.

"이게 어떻게 된 일입니까?!"

"그대가 혼란스러운 것, 다 이해한다."

"그렇다면 이 상황은……?"

아이란이 오른손으로 자신의 가슴팍을 두드렸다.

"내가 짠 판이지."

아이란의 설명은 이러했다.

아이란은 전대 백작으로부터 작위를 승계 받았을 때, 야로스 자작 일파와 크란 등이 승복하지 않은 것을 잘 알고 있었다.

그렇기에 그는 준비했다.

이들을 처리할 덫을.

통상의 방법으로는 노련한 너구리인 야로스 자작을 잡을 수 없었다.

명분!

빠져나갈 수 없는 명분이 필요했다.

장고의 고민 끝에 아이란은 한 계책을 준비했다.

그때부터였다.

우세했던 아이란의 세력이 조금씩 줄어들기 시작한 것은.

그전까진 가신과 봉신의 세력은 아이란이 우세했다. 아무리 야로스 자작의 영향력이 크다지만 신임 백작의 영향력도 무시할 수 없는 법.

그 힘을 바탕으로 아이란은 힘을 길러갔으나 결심 이후 기세가 한풀 꺾이고 반대파는 힘이 커져갔다.

아이란이 준비했던 계책.

그것은 바로 적의 세력에 아군을 심어놓는 것이었다.

그 아군을 통해 적의 행동을 조정한다.

아이란은 베르만 남작가와 르아닌 남작가를 야로스 자작의 세력으로 침투시켰다. 그리고 그들을 통해 야로스 자작에게 충동을 일으켰다.

혁명을 일으키고 과거의 권리를 되찾는다!

자신의 핏줄인 크란을 백작으로 옹립한다!

처음 야로스 자작은 망설였다.

그라고 왜 야망이 없겠는가. 그 역시 당장에라도 아이란을 치고 싶었다. 그러나 그는 끝까지 망설였다.

둘의 설득이 계속될수록 조금씩 혹시나 하는 마음이 강해졌다.

그리고 결국 반란을 일으켰다.

베르만 남작가와 르아닌 남작가는 그 즉시 아이란에게 상황을 알려왔다. 그에 아이란은 두 가문에 반란군에 합류하라는 명을 내렸다.

그리고 결정적인 순간, 반란군을 내부에서부터 무너뜨릴 것을 지시했다.

그 결과가 바로 이것이다!

"카밀 남작과 그 휘하 기사와 병사는 모두 제압했습니다. 식사에 약한 독을 섞어 먹인 후 제압을 했기에 저희 측의 사상자는 전무합니다. 현재 그들은 병영의 공터에 모두 묶어놓았습니다."

"정, 정말 입니까? 뮤토스 공자……?"

아직 얼떨떨한 발론 자작이 물었다. 뮤토스는 웃으며 답했다.

"예. 정말입니다, 발론 자작님."

"아니, 그럴 것이라면 처음부터 가르쳐 주시지 그랬습니까! 아니면 처음부터 적들을 제압하고 야로스 가로 진격하시든지요!"

발론 자작이 이제까지 가슴 졸이던 것이 억울하다는 듯 원망스레 아이란을 쳐다봤다.

그 모습에 뮤토스가 여전히 미소를 지은 채 답했다.

"그것은 제가 말씀드리지요, 발론 자작님. 첫 번째 발론 자작님께 가르쳐 드리지 않은 것은 보안 유지를 위해서입니다."

"보안……."

발론 자작은 수긍하면서도 서운하다는 듯 아이란을 바라
보았다.

"사실 이 작전은 백작 각하와 제 아버지인 베르만 남작님,
제펠 경의 형님이신 르아닌 남작님밖에 몰랐던 사실입니다.
저와 제펠 경도 출정 날에야 아버지께 들어서 알게 된 사실이
지요. 그러니 너무 서운해하지 마시지요."

"크흠……."

발론의 표정이 조금 누그러졌다.

"두 번째, 처음부터 적들을 제압하지 않은 것은 파를론 야
로스를 확실하게 잡아채기 위해서입니다."

"처음부터 야로스 자작군을 격파하고 전진했어도 되지 않
나? 그럼 뒤도 확실하고, 마음 한켠에 불안감을 가졌던 별동
대도 안심하고 작전을 수행했을 터인데."

뮤토스는 수긍한다는 듯, 고개를 끄덕이면서 말을 이었다.

"만일 먼저 이곳을 격파하고 전진했다면 혹시라도 그 과정
중 이곳의 상황이 파를론 야로스에게 전달되고 그가 도주하
는 것이 우려되었기 때문입니다. 만일 자작님의 말처럼 이곳
을 먼저 정리하려다 자작군의 마법사가 성으로 통신을 넣었
다면, 아마 야로스 자작은 성을 버리고 몸을 숨겼을 터입니
다. 게다가 실제로 저희는 자작의 동맹인 척 성을 실제로 공
격해야 했습니다. 물론 제펠 경이 있었던 만큼 성의 방어 마
법진이 딱 멈출 정도로만 공격했습니다만. 그 후 백작 각하의

신호를 받고서야 야로스 일파를 공격했습니다."

발론이 아이란을 쳐다보았다. 도대체 언제 연락했단 말인가?

"야로스 자작을 사로잡고 난 후 바로 신호를 보냈지."

말과 함께 아이란이 품속에서 구슬을 하나 꺼냈다. 원래는 영롱하게 빛나야 할 구슬이 검게 물들어 있었다.

뮤토스와 제펠 역시 품속에서 구슬을 꺼냈다. 그들의 것도 마찬가지였다.

과거 젤만이 만든 통신구였다.

"허허, 유용하게 사용된 것 같아 물건을 만든 보람을 느낍니다."

젤만이 수염을 쓰다듬으며 기뻐했다.

"실제로도 아주 많은 도움이 되었네, 젤만 경. 큰 상을 내리도록 하지."

아이란의 치하에 젤만은 슥슥 고개를 저었다.

"아닙니다. 성에 얹혀사는 늙은이로서 밥값은 해야 하지 않겠습니까? 오랜만에 밥값을 한 것만으로 저는 만족합니다."

"고맙군."

아이란이 고개를 돌려 성을 바라보았다.

그락서스 백작성.

장대한 그락서스를 지배하는 영주의 성답게 웅장하다.

성벽 밑에는 투석기 등으로 던졌던 돌들이 떨어져 나와 있지만 그것들이 성의 위용을 가리진 못했다.

아니, 오히려 그런 공격을 받고도 멀쩡한 철벽의 성이란 느낌이 들 정도.

"돌아간다."

"예."

아이란이 병영의 깃발을 가리키며 눈짓하자 발론 자작이 말을 달렸다.

잠시 후, 병영에 계양되어 있던 야로스 자작가의 문장기가 떨어지고, 그락서스의 문장기가 올랐다.

검은 매가 양발에 검과 방패를 움켜쥐고 있는 깃발이.

CHAPTER

7

죽음도 불사하며 죽어간 용사들의 용기를 과소평가하지 않는 것처럼, 우리 또한 용사들이 삶으로 보여준 용맹함을 잊지 말아야 합니다.

For without belittling the courage with which men have died, we should not forget those acts of courage with which men have lived.

—존. F. 케네디(John F. Kennedy)

“우와아아아아아아!”

“아이란 백작 각하 만세!”

“만세!”

아이란이 성문 앞에 다가가자 성 위의 병사들이 열광했다.

그들은 보았다.

성벽 앞 주둔하고 있던 적들의 병영에서 야로스의 깃발이

내려가는 것을!

그 대신 그락서스의 깃발이 올라가는 것을!

더군다나 야로스 자작이 포박되어 자신들의 눈앞에 있었

다.

드르르르르륵, 쿵!

성문이 내려지고 다리가 생겼다.

아이란을 비롯하여 별동대와 젤만, 그리고 각 영지의 후계자들은 보무도 당당히 입성했다.

“와아아아아아!”

성문 안으로 들어서니 성안의 이들이 각자의 무기를 하늘 높이 치켜들며 함성을 지르고 있었다.

아이란은 그 함성의 길을 지나며 짤막한 감상평을 내뱉었다.

“성대한 개선식이군.”

“정말… 그렇습니다…….”

감격에 벅차오른듯 발론 자작의 눈시울이 붉어졌다.

“아이란 각하 만세!”

“백작 각하 만세!”

함성의 길을 절반쯤 지나왔을 때, 아이란은 말을 멈추고는 한 손을 번쩍 들었다.

순식간에 장내를 가득 채우던 함성 소리가 멎고, 정적이 빈자리를 채웠다.

“우리는 돌아왔다.”

모두 숨죽이고 아이란을 바라보았다.

“우리는 시련을 겪었다. 대대적으로 내전에 휩쓸린 이 땅에서, 오늘 이 내전으로 수많은 이가 죽었다. 그들은 원래 오늘 죽어야 할 이들이 아니었다. 그러나 나의 부덕함으로 인해 죽게 되었다. 그렇기에 나는 그들이 헤븐가르드로 여행을 떠났길 진심으로 기도한다. 그들은 성군, 이 땅을 지키고자 이 땅을 위해 싸운, 이 대지를 성스러운 성지로 탈바꿈시킨 성군이다."

장내 이들의 눈시울이 붉어졌다.

눈에 이슬이 맺히고 흘러내렸다.

"이제 우리는 그들을 희생 삼아 승리한 자로서, 살아남은 자로서, 우리의 임무를 수행해야 한다. 그것이 그들을 대신해 살아남은 우리의 의무이자 과업, 헌신이다. 그들은 천상의 신전 헤븐가르드에서 우리를 지켜보며 힘을 내려줄 것이다."

이젠 모두가 눈물을 흘렸다.

하늘 높이 흔들었던 무기들을 모두 내려놓았다.

"그렇기에, 기뻐하자. 슬퍼하자. 그락서스의 이들이여. 우리가 있고 그들이 있는 한, 이 그락서스는 결코 무너지지 않을 것이다."

우와아아아아!

장내의 이들이 눈물을 흘리며 열광했다.

아이란은 높게 치켜들었던 손을 내리고 다시 말을 이끌었다.

그 뒤를 군사들이 눈물을 글썽거리며 따랐다.

아이란의 말처럼, 기쁘고도 슬픈 개선식이다.

*   *   *

"추모비를 짓도록 하지."

하루가 지나고 소집된 영지회의에서 가장 먼저 꺼낸 말이었다.

야로스 자작의 처리나 크란과 루디아의 행방 추적 등의 사안이 쌓여 있는 상태이다.

아이란의 말은 시기적으로 맞지 않다고 할 수 있었다. 그러나 반대하는 이는 아무도 없었다.

지금 이 회의실에 소집되어 있는 발론 자작과 칼, 젤만을 비롯해 뮤토스, 제펠, 말론 등은 아무도 이견을 꺼내지 않았다.

"반대하는 이는 없는 것인가."

"용사들에 대한 추모비입니다. 반대하는 이가 있을 수 없지요."

발론 자작이 고개를 끄덕이며 동의했다.

"저 역시 마찬가지입니다. 그들이 있기에 저희들이 숨을 쉴 수 있는 것이기에."

칼 역시 마찬가지다.

"동의합니다."

"저 역시."

“당연한 의견이십니다.”

남은 이들 역시 동의했다.

“그러나 상황이 상황이니만큼 세부적인 것은 나중에 정하도록 하지. 제일 급한 안건은…….”

“크란 공자의 행방을 추적하는 겁니다.”

칼이 말을 이었다.

“현재 제 휘하의 부하들을 크란 공자를 추적하는 데 붙여두었습니다. 백작 각하께서 가져오신 뮤톤 백작의 편지를 읽어보면 아마 크란 공자와 루디아 대부인은 뮤톤 백작에게 몸을 의탁했을 가능성이 높습니다.”

“계속.”

“아마 뮤톤 백작같이 야망 있는 이라면 크란 공자와 일전 메리아 공녀를 혼인시켜 그락서스의 일에 개입할 명분을 만들겠지요.”

“사위와 장인이니 남의 일이 아니지. 가족의 일이니까.”

칼이 고개를 끄덕였다.

“만일 뮤톤 백작이 군대를 이끌고 온다면… 정말 그렇게 되면 큰일입니다.”

아이란을 바라보며 뮤토스가 말했다. 아이란이 허락의 눈짓을 보내자 그는 말을 이었다.

“내전으로 인해 저희는 상비군을 어느 정도 잃었습니다. 게다가 야로스 자작성의 수비를 맡았던 이백가량은 남은 이들도 해산한 상태. 평상시 그락서스 백작령 전체 영지병의 숫자가 백작가가 천오백, 야로스가 천이백, 각 남작령이 천씩입니다. 합계하면 오천칠백, 여기서 내전으로 잃은 병력이 삼백가량 됩니다. 즉 오천사백. 용병들을 끌어들이고 한다면 육천까지는 어떻게든 맞출 수 있을 것 같습니다. 하지만!"

뮤토스의 말을 칼이 받았다.

"뮤톤 백작령의 병력 수는 상비군만 해도 팔천입니다. 단순 계산을 해보아도 이천가량 차이가 나는군요."

이천.

어마어마한 숫자이다.

게다가 이것은 뮤톤 백작이 용병들을 고용하지 않은 상태.

그락서스에 비해 부유한 뮤톤의 사정을 볼 때, 그락서스보다 많이 고용했으면 고용했지 덜 고용하지는 않을 것이다.

"예비군을 소집하는 것도 무리가 있습니다. 곧 겨울 밀과 봄의 작물들을 파종하는 시기가 될 것입니다. 그때를 놓치면 한 해의 수확을 잃습니다. 많은 이가 굶어 죽게 될 것입니다."

"대책은 있겠지?"

뮤토스와 칼, 둘 다 똑똑한 이들이다.

아무런 대책도 없이 불리한 소리만 내뱉을 리는 없었다.

둘 모두가 손가락으로 지도의 한곳을 가리켰다.

─엘모로 요새(Elmorro Fortress)

아낙 산맥과 크랄 산맥 등 산맥들이 둘러싸고 있는 그락서스 백작령에서 유일하게 외부와 소통할 수 있는 엘모로 지방에 새워진 요새였다.

아낙 산맥과 크랄 산맥은 강력한 괴물들이 서식하는 곳.

소수라면 모를까 군대가 산맥을 뚫어 그락서스에 진입하는 것은 불가능에 가까웠다.

즉 이곳만 막으면 그 어떤 군대도 그락서스에 진입하지 못한다.

"엘모로 요새에 군을 파견, 주둔 병력을 증강시켜야 합니다."

"엘모로 요새의 정원이 오백. 최대 팔백까지 수용할 수 있습니다. 그러나 현재 상주 인원은 일백 정도가 전부입니다. 신속히 채워야 합니다."

"성벽이 두껍고 높은 엘모로 요새입니다. 투석기 등의 공성병기를 추가하고 보강 공사를 진행한다면 세 배의 적이 쳐들어와도 거뜬히 막을 수 있을 겁니다."

아이란은 그들의 의견에 동감했다.

"이번 주 안으로 요새에 칠백을 파견토록 하지. 그 군의 비율은 그락서스에서 삼백, 각 봉신 영지에서 일백씩이 될 것이네."

말라카 뮤톤을 상대하기 위해선 이 정도로는 부족하다. 그라면 엘모로 요새에 병력을 파견하는 것쯤은 예상하고 있을 것이다.

한 수가 필요했다.

회심의 한 수가.

“저… 그런데 버켄 가문에서는……?”

제펠이 조심스레 의문을 표했다.

현재 영지의 운명을 결정할 중요한 회의를 진행 중이다. 분명 하루 전에 백작령의 중요 회의가 열릴 것이라 모든 영지에 알렸다.

르아닌 가문이나 베르만 가문에선 뮤토스와 자신이 가주의 대리인으로 나섰으나 버켄 남작령은 감감 무소식이었다.

“버켄 남작령의 가주 카일은 이곳에서 결정되는 사항을 따르겠다고 내게 서신을 보내왔다. 늘 그렇듯이 말이야.”

언제나 이런 식이었다.

버켄 가문은 그락서스가 어떻게 돌아가든지 신경 쓰지 않았다.

폐쇄.

가문의 영지에 스스로 갇혀 나오지 절대 나오지 않는 가문.

영지의 큰 행사가 있어도 거의 참석하는 법이 없었다.

이번 내전에도 자기들의 영지에 틀어박혀 있는 것을 보면 말은 다 했다고 볼 수 있었다.

참으로 알 수 없었다.

대체 영지에 틀어박혀 무엇을 하고 있는 건지. 가신들은 궁금증이 도졌지만 그 궁금증을 푸는 것은 나중 일이다.

지금 상황에선 버켄 가문의 일보단 뮤튼의 일이 먼저이다.

"파를론 야로스의 처리는 어떻게 합니까?"

발론 자작이 물었다.

"원래는 백작령의 주도시인 하나딜의 광장에서 처형하려 했으나……."

칼과 뮤토스, 둘 모두 고개를 저었다.

"지금으로썬 인질로 쓰는 것이 더 가치가 높겠지."

발론 자작이 아쉽지만 수긍한다는 듯 고개를 끄덕였다.

"그때까지 파를론 야로스에게 먹이를 두둑이 주도록. 짐승도 잡아먹을 때까진 배불리 먹여 살을 찌우는 법이니까."

"예."

*　　　*　　　*

"고생하셨습니다, 크란 공자."

"환대에 감사드립니다, 백작 각하."

"그대의 아버지, 선대 그락서스 백작과는 막역한 사이였습니다. 편히 대하서도 됩니다."

최근 왕도에서 유행하는 양식으로 리모델링된 화려한 집

무실 안.

크란과 루디아는 탁자 위 산더미와 같은 서류를 얼굴 양옆에 쌓아두고 있는 인물에게 인사했다.

이 인물의 이름은 말라카 뮤톤.

메리아와 아마르의 아버지이자 왕국의 이름난 부자 영지, 뮤톤 백작령의 주인이었다.

"그런데 두 분이서만 오셨다구요?"

"예."

"제 기사단장은……."

"기사단장이라뇨?"

크란과 루디아가 갸우뚱했다. 기사단장이라니?

말라카 뮤톤의 눈이 가늘어졌다.

이들이 거짓말을 하는 것일까?

"제가 야로스 자작께 사신으로 보낸 이가 영지의 붉은 뱀 기사단장이자 제 아들인 아마르 뮤톤 발레로입니다."

그때 그들의 머릿속에 한 기억이 떠올랐다.

최상급의 포도주로 축배를 들면서 야로스 자작이 한 말.

"축배를 들자꾸나! 이 잔을 비우고 나면 한 인물을 소개시켜 주마. 그 사람이 가져온 이야기는 네가 유용히 사용할 한 장의 카드가 될 것이다."

그때 그 사람이란 것이 바로 아마르를 뜻하는 것 같았다.
그러나 도저히 그 말을 꺼낼 분위기가 아니었기에 둘은 침묵
했다.

뿌득!

길어진 침묵은 말라카 뮤톤의 손에 쥐어 있던 깃펜이 부서
지며 끝이 났다.

"야로스 자작께서 가르쳐 주시지 않으셨습니까?"

"아버지께선 아무것도 가르쳐 주시지 않으셨어요."

루디아가 고개를 저었다.

"그럼 어떻게 저를 찾아오신 겁니까?"

"할아버지께선 무조건 뮤톤 백작님께 가라고 하시더군요.
그리고 만일 그곳에서 어떠한 제안을 한다면 제 자신의 생각
하에 응답하라 하셨습니다."

"그렇습니까……."

말라카 뮤톤이 팔을 괴고 생각에 잠겼다.

크란과 루디아, 둘은 숨을 죽이며 그 모습을 바라보았다.

"크란 공자."

"예."

"저는 맨 처음 아이란 그락서스 백작에게 서신을 보냈습니
다. 그리고 백작은 거부했지요. 그리고 저는 서신을 다시 보
냈습니다."

꿀꺽!

크란과 루디아, 누구의 침 삼키는 소리일까?

그러나 그것이 중요한 것이 아니다.

그 둘은 말라카 뮤톤이 말하는 것이 무엇인지 알고 있었다.

혼인!

아이란이 메리아와의 혼인을 거부한 것을 말하는 것일 테다.

그와 동시에 크란은 깨달았다.

이 기회, 이 밧줄을 기필코 놓쳐선 안 된다는 사실을!

이것은 그에게 내려진 마지막 기회!

"그때는 백작의 마음을 돌려보기 위해 제 딸도 함께 보냈지요."

그때 크란과 루디아는 야로스 자작성에 가 있었다. 그렇기에 돌아오고 난 후 메리아가 왔다 갔다는 사실에, 그녀를 만나지 못했다는 사실에 얼마나 가슴 졸였던가.

아이란과 그녀의 혼인이 성사되지 않은 것에 정말 감사함을 느꼈었다.

그런데 이제 그 기회가 자신에게 왔다!

"백작은 이번에도 거절했습니다. 이에 대해 공자의 생각은 어떠십니까?"

"그락서스 백작에게는 멍청한 선택이었고, 제게 있어서는 최고의 선택이었습니다."

말라카 뮤톤이 천천히 눈을 떴다.

“크란 공자.”

“예.”

“당신은 어떠십니까? 뮤톤 가문과 혼약을 치를 마음이 있습니까?”

쾅!

올 것이 왔다!

뮤톤 백작의 직격이 크란의 가슴을 강타했다.

덜덜, 가슴이 떨려왔다. 쿵쾅쿵쾅, 주체를 할 수가 없을 정도다.

당장에라도 승낙을 외치고 싶다. 그러나 단 한줄기 이성이 크란의 가슴을 식혔다.

그것은 그락서스에서의 자신을 지배하던 냉철한 자신이었다.

‘왜 뮤톤 백작은 내게 이런 제안을 하지? 왜? 나한테는 더 이상 얻을 것이 없는데.’

최대의 지지자를 잃었고 도망쳐 나온 이상 자신은 아무것도 아니었다.

그런데 왜 자신을 끌어들이려고 할까?

‘명분?

이것이 가장 그럴듯하다.

자신과 메리아 공녀가 혼인하면 가족이 된다. 가족은 남이라고 할 수 없는 법. 뮤톤 백작은 크란의 후견인이 되어 가족의 정당한 자리를 되찾을 수 있게 도와준다.

이 시나리오가 크란이 생각하기엔 가장 그럴듯했다.

'잘못하면 나는 그저 꼭두각시, 허수아비가 된다!'

먹히지 않으려면?

'내가 주(主)가 된다! 어디까지나 뮤톤 백작은 내 후견의 입장이다!'

주가 되려면?

'아슬아슬한 줄타기!'

아니, 그것은 너무 낮은 확률이다. 무언가, 다른 무언가를 고민해야 한다.

가령 뮤톤 백작의 약점을 잡거나 하는 그런 것을 찾아야 한다!

"생각이 많으신가보군요. 좋습니다. 이 답은 후일 듣도록 하죠."

말라카 뮤톤이 그들에게 시선을 떼 서류로 옮겼다.

"로이드!"

끼릭.

백작가의 집사 로이드가 발소리조차 내지 않고 스르륵 들어왔다.

"손님들을 귀빈실로 모시도록 해라. 모시는 데 있어 한 치의 모자람도 없어야 할 것이다."

"예."

로이드는 말라카 뮤톤에게 최고의 예를 갖춘 후 둘을 향해 몸을 돌렸다. 눈은 마주치지 않고 살짝 고개를 숙인 상태다.

"따라오시죠. 여러분. 모시겠습니다."

"로이드를 따라가시죠."

말라카 뮤톤의 축객령에 크란과 루디아는 집무실을 나섰다.

*　　*　　*

"고생하셨습니다."

로이드가 안내해 준 방 안에서 전(前) 검은 매 부기사단장인 말락이 둘을 맞았다.

"그럼 편히 쉬시길. 필요한 것이 있다면 언제든 부르시길 바랍니다."

로이드가 정중히 인사를 하고 나가자, 크란과 루디아는 한숨을 내쉬었다.

긴장이 살짝 풀렸기 때문이다.

"다른 이들은 어디에 있습니까?"

"뮤톤 백작가에서 제공해 준 숙소에 머물고 있습니다."

"다행이군요."

야로스 자작성을 탈출할 때, 자작은 이들을 호위할 인원을 붙여주었다.

말락과 말락을 따라 그락서스를 배신한 기사와 병사들, 그리고 야로스 가의 기사와 병사들로 구성되었는데 그 수가 스물에 달했다.

많지 않은 숫자지만 적지도 않은 숫자였다.

큰일을 도모하기엔 턱없이 부족한 병력이지만 지금 크란의 입장에선 그 무엇보다 중요한 전력이었다. 그렇지만 뮤톤 백작가에서 받아들여 주지 않았다면 이들을 유지하는 것조차 버거울 정도로 크란의 상황은 좋지 않았다.

"말라카 뮤톤은 어땠습니까?"

"무서운 자였습니다. 늙은 독사는 노회하여 소문보다 더욱 매서운 독을 품고 있었습니다."

늙은 독사.

그라나니아 왕국에서 말라카 뮤톤을 칭하는 말이었다. 뮤톤 백작가를 상징하는 동물이 뱀인 것도 있거니와 그 자신의 성격도 독사와 같았기 때문이다.

젊어서부터 독사라 불리며 그라나니아 왕국의 대영주로 이름 날렸던 그도 세월이 흘러 부드러워졌다고 세간은 말한다.

하지만 아는 사람은 알았다.

독사의 진짜 모습을.

독사가 늙었다고 해서 독사가 아니게 된 것은 아니다.

기나긴 세월 송곳니에 농축된 독은 언제든 상대에게 치명상을 입힐 것이다.

노회하고 교활해진 독사는 자신을 숨기고 포장할 줄 아는 법이다. 그것에 빠져 넘어가면 안 된다.

"그가 내건 제안 같은 것이 있겠지요?"

말락의 물음에 크란은 고심했다.

과연 말락을 믿어도 되는 것일까? 그에게 말라카 뮤톤이 내건 조건을 가르쳐 주어도 되는 것일까?

한 번 배신한 자는 또 배신하지 말란 법이 없다.

크란이 말락과 눈을 마주쳤다.

말락의 눈은 한 점 흔들림조차 없었다. 여자에 빠져 주군인 아이란을 배신한 기사의 눈이라고 하기엔 너무도 당당했다.

결국 크란은 결정했다.

어차피 그들은 운명 공동체. 서로를 믿어야 한다.

"그가 제게 정략혼인을 제의해 왔습니다."

"정략혼인이라······."

말락이 고심에 빠졌다.

그에겐 루디아와 크란을 지켜내야 할 의무가 있었다. 그것을 위해선 가능한 한 모든 것을 생각해야 한다.

크란은 크란대로 생각에 빠졌다.

"크란, 나는 네가 뮤톤 백작의 제안을 받아들였으면 하는구나."

고요를 깬 것은 루디아였다.

남은 둘의 시선이 그녀로 향했다.

"아직 소식을 듣지 않아 모르겠지만, 아무래도 네 할아버지께선 아이란에게 패하신 것 같구나. 만일 승리하셨다면 우리를 벌써 찾으셨거나 이곳으로 전령을 보내셨겠지."

크란과 말락이 고개를 끄덕였다.

만일 야로스 자작이 승리했다면 그 즉시 그들에게 전령을 보냈을 것이다.

그러나 전령은 오지도 않았고, 이곳에서 기다리지도 않았다.

"네 할아버지의 복수를 위해, 우리가 살아남기 위해선 무슨 수라도 써야 한단다. 뮤톤 백작이란 호랑이가 우리를 먹이로 본다면 우리는 더 맛있는 먹이를 던져 시선을 돌리면 그만이다."

아니다.

루디아는 아직 말라카 뮤톤을 얕보고 있다.

뮤톤 백작이 과연 더 맛있는 먹이가 있다고 제 품에 있는 먹이를 놓아버릴까?

크란이 뮤톤 백작의 입장이라도 그는 두 개의 먹이를 전부 차지할 것이다.

그렇지만 루디아의 의견을 완전히 무시할 수는 없는 법이다.

크란 역시 잘 알고 있었다.

방법은 하나밖에 없다는 것을.

뮤톤 백작의 제안을 받아들일 수밖에 없다.

그것은 크란이 뮤톤 백작가에 들어설 때부터 정해져 있던 것. 뮤톤 백작의 의지에서 벗어나기엔, 그는 어리고 약했다.

"알겠습니다, 어머니. 뮤톤 백작의 제안을 받아들이겠습니다."

루이다의 표정이 다소 밝아졌다가 어두워졌다.

아버지의 복수를 할 수 있다는 것에 기뻐했다가 결국 아들을 팔아넘기는 것 같아 마음에 걸렸기 때문.

"루디아 공녀와 혼인하겠습니다. 그렇지만 이것은 전적으로 제 의지입니다."

그런 그녀의 마음을 크란이 알아챈 것일까.

자신의 의지에 의한 일이라고 못을 박았다.

"그럼 결정이 났군요. 그렇다면 최대한 실리를 챙길 수 있는 방법을 찾는 것이 좋겠습니다."

*   *   *

"어떤 것 같은가?"

말라카 뮤톤은 여전히 서류에서 시선을 떼지 않은 채 혼잣말을 하듯 말했다.

"생각이 많은 듯 보입니다."

그 순간, 말라카 뮤톤 외엔 아무도 없는 집무실에서 목소리가 들려왔다.

"그렇겠지. 자네 생각은 어떤가? 과연 그 애송이가 내 제안을 받아들일 것 같은가?"

스르르.

뮤톤의 책상 앞 공간. 어느새 한 사람이 서 있었다. 그의 모습은 이전부터 그곳에 있었던 것처럼 자연스럽다.

그렇지만 백작은 익숙한지 그를 향해 시선조차 주지 않고 말을 이었다.

"말해보게, 로이드."

로이드!

조금 전까지 크란과 루디아를 인도했던 뮤톤 백작가의 집사장 로이드가 모습을 드러냈다!

"아마 받아들일 것으로 생각됩니다."

"이유는?"

"그들에겐 선택의 여지가 없으니까요."

옅은, 그러나 잔혹한 미소를 떠운 로이드의 말.

말라카 뮤톤은 빙긋 웃으며 고개를 끄덕였다.

"그렇지. 그들에겐 선택의 여지가 없어."

스르륵, 스르륵.

한동안 깃펜이 종이를 스치는 소리만이 집무실에 울렸다.

"정보부를 그락서스 영지에 집중시키겠습니다."

"그러도록 하게. 특히 엘모로 요새에 집중시켜. 그렇지만 왕도 역시 주의해야 하는 것을 잊지 말고."

"예."

<u>스르르</u>.

나타날 때와 마찬가지로 로이드는 공간의 번짐과 함께 사라졌다.

"기대되는구나."

툭.

거침없이 종이 위를 거닐던 깃펜이 멈추었다.

말라카 뮤톤의 시선이 자신의 뒤, 집무실에 걸린 거대한 알피나 섬 전도를 바라보았다.

뮤톤 백작령 위에 존재하는 거대한 땅, 그락서스.

머지않아 저 대지가 자신의 것이 될 것이다.

"이 세상은 힘이 전부인 시대다. 힘만 있다면, 그 누구도 나를 어쩌지 못한다."

말라카 뮤톤이 읊조렸다.

그것은 그의 신념이자 각오.

"나는 북부의 왕이 될 것이며……."

이것은 이 사내의 목표. 그러나 끝이 아닌 과정.

"언젠가 뮤톤 가문은 후(候)가 아닌 제(帝)의 가문이라 불리우게 될 것이다."

이것이 바로 말라카 뮤톤의 목표.

　말라카 뮤톤은 이 목표가 존재하는 한 멈추지 않고 계속 달
릴 것이다.

＊　　＊　　＊

　"뮤톤 백작령에 파견해 두었던 요원에게 연락이 왔습니
다."
　기사단의 수련장에서 검을 내려치고 있는 아이란에게 칼
이 다가와 시립했다.
　아이란은 칼에게 조금도 신경 쓰지 않은 채 계속 검을 내려
쳤다.
　그 속도는 갓난아기가 기어가는 것이 빠를 정도로 느렸다.
그러나 그런 것에 신경 쓰지 않고 칼은 보고를 계속했다.
　"뮤톤 백작의 영도인 말피온에서 야로스 가문의 문장이 찍
힌 마차가 정문을 통과하는 것을 확인했답니다. 그리고 그 마
차를 추적한 결과, 마차는 말피온 성에 들어갔다고 합니다."
　마침내, 끝이 없을 것 같던 아이란의 검이 멈추었다.
　그렇지만 아이란의 시선은 여전히 검끝을 향해 있었다.
　"파를론 야로스의 집무실에서 모든 것을 옮겨왔나?"
　"예. 검은 매 기사단과 일부 병사를 움직여 방에 있는 모든
것을 가져왔습니다."
　"그렇다면 보았겠군."

"어떤 것을 말씀하시는지요?"

아이란은 대답 대신 검끝을 하늘 위로 향한 채 자신의 가슴에 가져다 댔다.

그것은 경의.

이 알피나 섬을 지배하고 있는 왕국, 그라나니아에서 단 한 곳만이 받을 수 있는 최상의 경례였다.

오직 단 한 곳, 왕실(Royal Family)만이 이 경례를 받을 수 있었다.

"예, 보았습니다."

"왕실이 어떻게 나올 것이라 생각하나?"

"원칙적으로 왕실은 각 영지의 일에 개입할 수가 없습니다. 과거 그라난 대공이 국왕이 되어 왕으로 추대될 때, 각 지역의 호족들과 맺은 조약에 위배됩니다. 하지만……."

"그것은 지켜지지 않는 법일 뿐이지."

"예, 그렇습니다."

"이미 왕실은 그락서스의 일에 개입했다. 한 번 개입한 이상, 두 번 개입할 수도 있지. 왕실이 개입하지 않는다는 것을 믿는 것은 너무 순진한 발상이야."

칼이 고개를 끄덕이며 동의했다.

"왕실이 어떤 식으로 나올 것 같나?"

"비교적 자신들이 통제하기 쉬운 크란 공자를 백작으로 삼아 조종하거나, 영지를 회수하는 방향으로 갈 것 같습니다."

크란의 정통성 형성에는 왕실의 인정 역시 한 축을 담당했다.

그렇기에 왕실의 입장에선 아이란보단 크란 쪽이 다루기 편했다.

아니면 아이란과 크란, 둘 모두를 제거하고 영지를 회수하여 왕실의 중앙 귀족 한 명에게 내려 왕실의 힘을 강화시키는 수를 쓸 수도 있었다.

"어찌되었든, 왕실 역시 우리의 적이라 보아야겠군."

"왕실의 움직임 역시 주의하겠습니다."

"그러도록."

아이란은 다시 검을 천천히 내려치기 시작했다.

칼이 아이란에게 인사를 하고 수련장을 나가려는 그때, 아이란이 그를 불렀다.

"아참! 그러고 보니 국왕이 많이 위급하다고 했던가."

역시 여전히 검을 내려치고 있는 상태.

"예. 국왕 전하께서 오랜 와병을 끝내시고 회복하셨다고 합니다만 아직 정무를 보시기엔 무리가 있다고 합니다."

"지금 국정은 누가 운영한다고 했지?"

"일 왕자 저하께서 섭정을 맡으시고 이 왕자 저하와 일 왕녀 저하와 함께 왕실을 운영하고 계십니다. 그렇지만 아무래도 차기 왕권이 걸린 상황이라 사사건건 충돌을 일으킨다고 들었습니다. 설상가상 섭정인 데다 왕실에서 내분을 일으키니 근래 귀족원으로 힘의 추세가 기울어져 가고 있습니다.”

“일 왕자와 이 왕자, 일 왕녀라… 그 서신에선 그들의 이름이 나오지 않았지.”

“예. 그저 왕실이라고만 나왔습니다.”

“누구일 것 같나?”

파를론 야로스와 접촉한 이는 누구일까? 그가 누군지에 따라 앞으로의 전개 방향이 달라진다.

아이란은 칼이 생각할 시간을 기다려 주었다. 잠시 후, 칼은 자신의 머릿속에서 나온 결론을 읊었다.

“아무래도 제 생각에는 일 왕자 저하일 것 같습니다.”

“이유는?”

“왕실의 이름을 사용하는 것, 특히 백작 위와 관련된 사항입니다. 아무리 왕자라 하여도 함부로 나설 순 없는 상황, 그렇지만 섭정이라면 충분히 가능합니다.”

“그것만이 아닐 텐데?”

“일 왕자로서는 경쟁자들을 처리하기 위해 힘이 필요한 상황입니다. 장자라는 장점이 있긴 하지만 이 왕자 저하와 일 왕녀 저하는 케트란 후작가와 알비란 후작가라는 외척이 있습니다. 북부 항로와 연해 항로를 통해 그들이 벌어들이는 금력은 고스란히 이 왕자 저하와 일 왕녀 저하의 힘이 되지요. 그들에 비해 일 왕자 저하의 이도란 백작령은 아무것도 없습니다. 오히려 왕가의 지원으로 유지되고 있는 영지에 불과합니다.”

“그렇기에 그락서스의 힘을 얻으려 한다는 것이군.”

“예. 이런 말씀 죄송합니다만 일 왕자로서는 다른 곳과 비교해 공략하기 쉬운 그락서스를 차지하고 싶었을 겁니다. 또 그락서스는 다른 것은 몰라도 병력의 질은 뛰어납니다. 그렇기에 유사시 병력을 일으킬 때도 도움이 되리라 생각한 것이라 사료됩니다.”

“철저히 얕보였군.”

칼이 고개를 숙였다.

“죄송합니다.”

“자네의 탓인가. 다 나의 부덕함이지.”

자조. 그러나 그의 검은 한 치의 흔들림도 없었다.

그러나 겉모습과는 달리 그의 마음속은 활활 불타오르고 있었다.

‘피를 보아야 하는 일에 나를 끌어들인다면, 내가 먼저 이 검을 심장에 쑤셔 박고 목을 베어주마. 그것이 내 정의다.’

CHAPTER

8

비오는 날을 준비하라.

Save your pennies for a rainy day.

—서양 속담(proverb)

“소리가 작다!”

“우와아아아아아아!”

발론 자작의 구령에 검은 매의 기사들이 각자의 무기를 휘둘렀다.

강철로 된 클럽 끝에 무거운 날개 모양 쇳덩이를 매단 메이스.

4랭크의 오로라로 강화된 육체로 그들은 땀을 뻘뻘 흘리며 그 무거운 메이스를 휘둘렀다.

사실 기사들에게 있어 효과적인 무기는 메이스와 같은 타격 무기였다.

5랭크에 들어서 리히트를 생성치 않는 한, 강철 갑옷을 입고 있는 기사에게 검이란 그리 효과적인 무기가 아니었다.

물론 4랭크에 진입해 육체를 강화시킬 수 있는 기사라면 강철 갑옷쯤은 단번에 벨 수 있었다.

그렇지만 메이스와 비교해 보면 효율이 떨어졌다.

검은 갑옷의 틈새를 노리거나 모든 힘을 집중해 갑옷을 베어야 한다.

하지만 메이스는 검과 달리 아무 곳이나 타격할 수 있었다.

메이스가 적중하면 갑옷은 베이는 것이 아니라 찌그러졌다. 그것은 적의 신체를 압박하였으며 상대를 기절시키는 데도 효과적이었다.

이전 내전에서도 검은 매들이 최근 왕국의 유행에 따라 검을 사용하는 붉은 소들을 거침없이 무찌른 것으로 증명할 수 있었다.

그렇지만 지금 발론 자작의 눈에는 그런 검은 매들이 못마땅했다.

"그 정도밖에 못하는가! 이곳에 놀러왔나?"

"아닙니다!"

"그렇다면 뭔가! 지금 장난을 하고 있는 건가!"

"아닙니다!"

검은 매들이 메이스를 휘두르며 악을 질렀다.

"목소리가 작다! 더 크게 못 하나!"

“우와아아아아아아!”

검은 매들의 포효 소리가 수련장에 가득 울렸다. 그러나 발론 자작은 이 정도로 끝내줄 생각이 없었다.

“그것도 고함이라고 낸 것인가! 내 귀에는 들리지 않는다!”

“우와아아아아아아!!”

젖 먹던 힘까지 짜내자 겨우 발론 자작의 표정이 풀렸다.

“모두 그만! 무기를 내려라!”

발론 자작의 말에 모두 숨을 헉헉 쉬며 무기를 내렸다.

그들의 눈에는 휴식에 대한 열망이 가득했다.

“쉬고 싶나?”

“아닙니다!”

쉬고 싶냐 물어도 그렇다 대답할 멍청이는 없었다. 다 기사가 되기 위해 피나는 노력을 한 이들이다. 그 정도 눈치는 있었다.

“좋아! 그럼 앞으로 내려치기 오백 회를 실시한다!”

기사들의 눈에 절망감이 들어섰다.

그때, 기사들을 구원해 줄 구세주가 등장했다.

“발론 자작.”

그 누구도 눈치채지 못한, 누군가의 등장.

아이란의 등장에 모두 깜짝 놀랐다.

“헛! 언제 오셨습니까, 백작 각하.”

“지금 막 도착했다.”

발론 자작이 당황하거나 말거나, 아이란은 수련 중인 기사들을 바라보았다.

방금 전 발론 자작이 시킨 내려치기 오백 회를 실행하고 있는 기사들. 그들은 내려진 지시를 성실히 실행했다.

당장 죽을 것 같은 표정을 하고서.

그들을 바라보는 아이란의 눈이 잠겼다.

지금 그는 자신에게도, 이들에게도 변환점이 될 수도 있는 것을 생각하고 있었다.

바로 중원의 무공!

중원의 무공을 이들에게 전수하는 것이다.

아이란은 곰곰이 생각했다.

과연 이들에게 무공을 전수하는 것이 좋은 일일까?

이곳 발라티아 대륙은 무술(武術)은 있지만 딱히 무공(武功)이라 할 만한 것이 없었다.

당장 오로라, 즉 내력을 쌓는 방법부터 그랬다.

중원은 내력의 발견 후 체계적으로 쌓아 올리는 방법을 연구했다. 그렇기에 내공심법이란 것을 탄생시킬 수 있었다.

그러나 이곳은 중원보다 몇 배나 진한 기의 밀도를 지닌 발라티아 대륙. 중원과는 달리 호흡을 하고 있는 것만으로도 오로라가 쌓인다.

별다른 수련을 거치지 않은 일반 평민들조차 자신은 느끼지 못하지만 어느 정도 오로라를 가지고 있었다.

그런 곳이기에 내공심법이라는 것의 존재를 아예 모르고 있다고 해도 과언이 아니다.

물론 몇몇 가문 등은 비전으로 숨겨두고 알고 있을지도 모른다. 그러나 대부분의 벨라토르는 수련을 하는 과정에서 자연스레 익힌 호흡법으로 내력을 쌓고 이용했다.

그들은 자신의 호흡이 일반 사람들의 호흡과 다르다는 것을 자각하고 있을까?

어쨌든, 중요한 것은 이들에게 무공을 전하느냐 마느냐다.

당장 아이란으로선 전력의 강화가 필요한 시점이었다.

뮤톤 백작령에선 언제 선전포고를 할지 모르며, 왕실과도 척을 져 전쟁을 벌일지도 몰랐다.

그렇기에 자신의 힘을 키워야 했다.

자신의 힘이란 것은 본신뿐 아니라 그 자신의 세력도 포함된다.

또 아이란은 다수가 아닌 혼자였다.

아이란이 모든 것을 다 해결할 수는 없었다.

자신을 대신할 이들이 필요했다. 이것은 선택이 아닌 필수.

결국 아이란은 이들에게 무공을 전수하기로 했다.

단!

내공심법이 아닌, 내력을 다루는 법을 전수하기로 결정했다. 그편이 혹시라도 배신자가 나올 경우에도 안전했다.

또 내공심법과 달리 내력을 다루는 방법은 이곳에서도 어느 정도 파악하고 있으며 각 가문별로 전해지고 있었다.

당장 검은 매들만 하더라도 '슈팅 스타(Shooting star)'라는 기술이 있었다.

메이스의 끝 쇠뭉치에 오로라를 가득 담아 공격하는 것인데, 아이란의 기준으로 보면 그저 오로라를 우격다짐으로 밀어 넣어 상대방을 공격하는 것에 불과했다.

참으로 비효율적인 짓이었다.

오로라의 밀도 덕분에 어마어마한 양의 내력을 몸속에 쌓아둔 저들을 볼 때, 오로라를 컨트롤하는 방법만 가르쳐 줘도 어마어마한 발전을 이룰 수 있을 것이다.

물론 적절한 금제는 가해야겠지.

아이란은 선인이 아니다.

진자겸 또한 선인이 아니다.

무엇보다 진자겸은 대가없이 퍼주는 것을 싫어했다. 그는 물고기를 잡아주는 것도 싫지만, 잡는 방법을 가르쳐 주는 것도 꼭 대가를 받았었다.

이제 이들은 아이란에게 대가를 치를 것이다.

대가를 치른 이들은 강해질 것이다.

대가를 치르지 않겠다면 주지 않으면 된다. 아이란이 그들을 강하게 만들어줘야 할 의무는 없으니까.

그렇다면 이제 어느 무공을 전수해야 할지 고민해야 할 시간이다.

아이란은 이왕 전수하는 김에 가장 효율적인 무공을 전수하려 했다.

기사의 전투는 전체적으로 종합적인 성격을 띤다. 예외가 있긴 하지만 대부분 전투의 시작은 철갑을 입힌 말을 타는 것에서 시작되어, 기다란 창인 랜스를 들고 돌격한다.

속도가 붙은 철갑마의 힘을 빌려 적진을 향해 돌격해 꿰뚫는다.

그렇게 적의 방어선을 뚫고 나면 그때부터 난전이 시작되는데, 안장에 달아두었던 근접 무기를 꺼내 전투를 지속해야 했다.

검은 매 기사단의 경우는 메이스였다.

메이스, 즉 곤이 주가 되는 무공을 찾아야 했다.

'소림(小林)의 제마곤(濟魔棍)? 아니, 그것은 이들에게 맞지 않아.'

정파의 무공은 틀이라는 것이 있다. 경지에 이르지 않는 이상 그 틀을 벗어난다면 위력이 반감되곤 했다.

난전을 치르는 이들이 그 틀에 일일이 맞추어 전투를 할 수 있을까?

'광마존자(珖魔尊子)의 광마곤(狂魔棍)은 어떠할까? 괜찮을까? 내공심법인 광혈마공(狂血魔功)과 함께하지 않아 위력은 좀 떨어져도 마성에 빠질 일은 없을 것 같은데.'

'추포곤왕(追捕棍王)의 추포대팔식(追捕大八式)은 아니야. 그것은 살상이 아닌 추포에 특화되어 있어 이들에겐 맞지 않다.'

기사의 전투 방식에 맞아야 하며, 초식에 크게 영향을 받지 않아야 한다.

정형화된 초식보다는 내력을 다루는 법이 주가 되는 무공. 굳이 정해진 초식이 아니어도 뛰어난 위력을 발휘하는, 난전에서도 효과적인 그러한 무공을 찾아야 했다.

초식은 이곳이 더 실전적이기에 이곳의 초식과 문제없이 융화시킬 수 있는 무공을 찾아야 한다.

이 외에도 수많은 무공이 떠오르고 가라앉았다. 조건을 모두 만족하는 무공을 찾기란 쉽지 않다.

머릿속에서 수많은 무공 중 결국 결정을 내린 것은 광마존자의 광마곤이었다.

특히 난전에서 특화된 광마곤은 기사들이 적진에 난입했을 때 큰 효용을 발휘할 수 있을 것이다.

또한 광마곤의 절초라고 할 수 있는 한 수는 기사들이 랜스를 들고 돌격하는 랜스 차징에도 잘 맞을 것이다.

한때 천하를 공포에 떨게 만들었던 광마존자의 광마곤.

이제 그것은 검은 매를 통해 이 세상에 펼쳐지게 될 것이다.

"똑바로 하지 못하겠나!"

광마곤을 어떻게 전수할까 고민하던 아이란의 옆에서 발론 자작이 기사들에게 불호령을 내리고 있었다.

'그러고 보면 발론 자작도 있었군.'

기사들에게 광마곤을 전수할 생각이다. 그렇다면 발론 자작에게 무언가를 전수해야 하지 않을까?

리히트를 다룰 수 있는 5랭크부터 기사들은 대부분 검을 쓴다.

그동안 타격 무기를 사용했던 이유는 효율성을 위해서였다. 그러나 리히트를 사용할 수 있게 된 순간, 효율성은 달라진다.

강철 갑옷도 단숨에 가르는 리히트다.

갑옷을 찌그러뜨리거나 기절시키는 메이스와 같은 타격 무기보다는 신체와 같이 단숨에 잘라 버리는 검이 효과적이게 된다.

그렇다면 발론 자작에게 전수해야 할 것은 검술이다.

앞으로 검은 매 중 5랭크에 진입한 이들이 익혀야 할 것이기도 하니 신중히 골라야 한다.

'암혼유령대(暗魂幽靈隊)의 사마귀검(邪魔鬼劍)은 강하긴 하지만 기사의 전투에선 맞지 않아.'

암혼유령대의 사마귀검은 교내에서 수위에 드는 암살검이다. 기사보단 암살자를 키우는 것에 알맞다.

'혈익귀마대(血翼鬼魔隊)의 백팔마라검(百八魔羅劍)역시 마

찬가지.'

혈익귀마대는 일선에 나서는 신마성 최강을 다투는 무력 부대 중 하나지만 암혼유령대와 성격이 비슷했다.

그 외 수많은 무공이 떠올랐으나 각각의 특화된 내공심법들이 걸렸다. 그것들이 없으면 익히지 않는 것보다 못한 검술들이다.

'결국 마존혈해검(魔尊血海劍)밖에 남지 않았나.'

마존혈해검.

신마성주를 수호하는 신마수호대(神魔守護隊)가 익히는 검술로, 어떤 성향의 내력으로든 뛰어난 위력을 발휘할 수 있는 검술이었다.

그것은 신마수호대의 특성에서 비롯되었는데, 각 무력 부대에서 가장 강한 이들을 모아놓은 곳이 바로 신마수호대이기 때문이었다.

그렇기에 어떤 성향의 내력으로든 뛰어난 위력을 발휘하기 위해 마존혈해검이 탄생했다.

이 검술이라면 각자의 내력이 제각각인 이곳의 기사들에게도 맞을 것이다.

"발론 자작."

"뭣들 하고 있나! 더 힘차… 예?"

"잠시 나와 함께 가지."

아이란은 거침없이 걸음을 옮겼다. 발론 자작은 자신의 의

사를 표현할 시간도 없이 끌려가게 생겼다.

　당황하여 아이란과 기사들을 번갈아 쳐다보던 발론 자작은 황급히 아이란의 뒤를 따랐다.

　"살, 살았다!"

　"백작 각하 만세……."

　구원을 얻은 기사들은 바닥에 쓰러졌다.

＊　　＊　　＊

　아이란이 발론 자작을 데리고 간 곳은 백작의 전용 수련장이었다.

　"이곳은 왜……?"

　갸우뚱거리는 그를 놓아두고 아이란은 검을 빼 들었다.

　그에 발론 자작의 의문이 더 깊어졌다.

　그러거나 말거나 아이란은 정신을 집중했다.

　스윽.

　아이란의 상체가 살짝 숙여지며 전방을 향해 검을 겨누었다.

　느릿느릿.

　아이란의 검이 천천히 전방을 갈랐다.

　"……?"

　발론 자작의 반응은 신경 쓰지 않은 채, 아이란은 계속 검술을 전개했다.

그것을 지켜보던 발론 자작은 깨달았다. 아이란이 지금 자신에게 검술을 보여주고 있다는 것을.

발론 자작이 두 눈을 부릅뜨며 아이란의 검을 노려보았다.

'저 동작은 목을 베는 것인가?

'저것은 손목을 베는 것이군.'

'저 동작은 가슴을 베는 것이야. 상대가 갑옷을 입고 있으면 리히트를 쓰지 않고선 힘들겠는걸.'

그런데 왜 자신에게 이런 것을 보여주는지 모르겠다. 그렇지만 아이란이 쓸모없는 짓을 할 리가 없었다.

"다 보았나?"

"예."

"그럼 이번엔 빠르게 펼쳐 보지."

스아아악!

아이란의 검이 폭풍처럼 공간을 갈랐다.

발론 자작의 눈 역시 날카로워졌다.

조금 전과 달리 아이란의 검은 순식간에 끝이 났다.

"어땠나?"

"굉장한 검술이긴 합니다만 제가 익힌 것과 별로 차이가 없어 보입니다."

자신감이 깃든 말이다. 그리고 틀리지 않는 말이기도 했다.

"그런가?"

"예."

"그럼 이렇게 하면 어떠할까?"

아이란은 이번엔 오로라를 마존혈해검의 구결대로 운용했다.

콰콰콰콰콰!

"……!"

이것이다!

이것이 바로 마존혈해검이다!

진짜로 몰아치는 폭풍의 강대함!

폭풍을 날려 마존의 앞길을 가로막는 것을 모조리 핏물로 만들어 버리는, 가히 피의 바다를 만드는 검이다!

발론 자작은 깜짝 놀랐다.

그는 알고 있었다. 조금 전과 지금 펼친 것이 같은 검술임을. 그러나 그저 뛰어난 검술이었던 조금 전과 달리 이번은 굉장했다.

검에서 폭풍이 몰아치고 있었다.

그 순간, 그는 떠올렸다. 아이란과 아마르 자작이 격돌했을 때를.

그때 자신 역시 치열한 격전으로 아이란의 대결에 신경 쓰지 못했었다. 그러나 아이란과 아마르가 펼쳤던 느낌만은 기억하고 있었다.

그때 아이란이 펼쳤던 것과 느낌이 비슷했다.

이런 굉장한 것을 익히고 있었기에 아이란의 실력이 엄청난 속도로 진화를 한 것이다!

아이란이 어떻게 아마르와 야콥을 이길 수 있었는지에 대한 의문이 풀렸다.

발론 자작의 놀란 표정에 아이란은 흐릿한 미소를 지었다.

그의 표정을 보자 내심 뿌듯했다.

초식은 이곳이 더 실전적이고 유용할지는 모르지만, 오로라를 사용하는 방법은 더없이 단순했다.

오로라라는 자원.

중원은 한정된 자원으로 최대의 효율을 뽑아내기 위해 질이 발달했다. 그러나 발라티아 대륙은 풍부한 자원이 존재해 압도적인 양으로 밀어붙일 수 있었다.

각각 발달한 환경의 차이이기에 어느 곳이 옳다, 나쁘다 말할 수는 없다. 하지만 중원의 방식과 발라티아의 환경이 만났을 때는 과연 어떠할까?

그것은 지금 아이란이 보여주고 있었다.

대기 중의 오로라 밀도가 중원보다 몇 배는 풍부한 이곳은 대기 자체가 영약이나 마찬가지다.

무공을 수련할 때도, 전투를 치룰 때도 느꼈지만 같은 초식, 같은 힘의 배분이라도 이곳은 몇 배나 더 강하다.

아이란의 표정이 점점 밝아졌다.

검술을 펼치고 있는 아이란의 내면은 단 한 가지 감정을 표현하고 있었다.

'즐겁다!'

야로스 자작 문제 등을 처리하니 생긴 여유였다.

여유가 생긴 아이란은 십전마신강을 익힐 때와는 달리 마음 편하게 무공을 펼칠 수 있었다.

그것이 아이란을 신 나게 했다.

그 모습을 지켜보고 있는 발론 자작은 입을 쩍 벌리고 바라볼 뿐이다.

그도 5랭크에 들어선 벨라토르이기에 느낄 수 있었다.

아이란의 검에서 쏟아져 나오는 폭풍, 그것은 그 자신도 다루는 리히트였다.

'리히트를 저렇게 다룰 수 있을 줄이야!'

분명 아이란은 5랭크였다. 그러나 저러한 모습은 6랭크의 벨라토르, 슈발리에(Chevalier)라도 보여주지 못할 것 같았다.

또 의문이 들었다.

아이란은 대체 어떻게 저런 검술을 펼칠 수 있는 것인가?

"어떠한가? 발론 자작, 앞으로 그대가 익힐 검술이다."

아이란의 담담한 음성이 그를 깨웠다.

그는 처음에 잘못 들은 것인 줄 알았다.

"그대가 익힐 검술이 어떠한지 물었네."

"…마, 마치 마법과도 같군요."

검으로 펼치는 마법, 감상으론 나쁘지 않다.

"익히려면 최선을 다해야 할 것이네."

"예, 알겠습니다!"

발론 자작이 우렁차게 답했다.

"그런데, 궁금한 것이 있는데 물어도 되겠습니까?"

"무언가?"

"이 굉장한 검술을 어떻게 얻으신 겁니까? 또 이런 검술을 제게 전수해 주시겠다니요. 백작님만의 비장의 수로 숨겨두는 것이 좋지 않겠습니까?"

의외의 질문이다.

아이란이 생각하기에 발론 자작은 그저 좋다고 익힐 줄 알았기 때문이다.

그만큼 자신에게 충성심을 보인다는 것이기에 아이란은 미소를 지었다.

"오래전 실전된 백작가의 검술이라네. 가주의 비밀서고를 뒤지다가 발견하게 되었지. 자네에게 전수해 주는 것은 자네가 더욱 강해져 나를 도와주길 바라는 마음에서일세."

발론 자작의 가슴이 뜨거워졌다.

기사란 주인의 검이다. 발론 자작이 작위를 가진 귀족이라 하지만 그저 더 치장된 검에 불과했다.

그렇지만 이 주인은 도구인 자신을 진심으로 대해준다. 그는 아이란을 위해서라면 목숨이라도 바칠 용의가 되어 있었다.

"이 검술을 익히기 위해서라면, 한 가지 기술을 익혀야 하네."

"기술… 말입니까?"

"대기 중의 오로라를 호흡을 통해 받아들여 포스 탱크에 저장시키는 기술일세."

호흡법!

즉 내공심법!

아이란은 처음에 생각했던 것을 깨고 발론 자작에게 호흡법을 전수하려 하는 것이다!

그러나 발론 자작은 갸우뚱할 뿐이다.

"오로라를 받아들이는 호흡이라면 지금도 하고 있습니다."

앞서 말했다시피, 이곳은 호흡만으로도 오로라를 쌓을 수 있다.

기사들 같은 경우는 수련을 통해 본능적으로 호흡법을 익힌다. 그러나 중원의 시점으로 볼 때, 그것은 참으로 조악한 호흡법이었다.

"자네의 호흡법은 수련을 통해 본능적으로 얻은 것이겠지."

"예, 그렇습니다. 자신만의 호흡법을 얻는 것은 벨라토르의 기본이니까요."

틀린 말이 아니기에 아이란은 고개를 끄덕였다. 그 자신도 진자겸의 기억을 얻기 전에는 본능적으로 얻은 자신만의 호흡법을 행했다.

"그러나 그 방법은 효율이 떨어지네. 백작가에 대대로 전해지는 호흡법, 포스 트레이닝(Force training)을 전해주지."

포스 트레이닝.

내공심법이란 단어를 발라티아 대륙에 맞게 바꾼 말이다.

이제부터 내공심법은 포스 트레이닝이란 이름으로 그락서스의 힘을 강하게 만들 것이다.

생소한 단어에 의문스런 발론 자작이지만 그는 고개를 끄덕였다.

"내가 전해줄 포스 트레이닝은 나이트 포스 트레이닝(Knight force training)이란 것일세."

나이트 포스 트레이닝. 그 진실된 이름은 옥황을 따른다는 뜻의 옥황수신공(玉皇隨身功).

그것은 신마성주가 수하들을 관리하는 것에서 비롯된 내공심법으로, 이것을 익힌다면 옥황평천공을 익힌 사람의 말은 절대 거역할 수도, 배신할 수도 없었다.

주인으로서 마음만 먹는다면 언제든 수하의 단전을 부수거나 목숨을 거둘 수 있는 잔인한 무공.

만일 거역하거나 배신할 마음을 먹는다면 어마어마한 고통과 함께 포스 탱크에 저장되어 있는 오로라의 일부를 잃을 것이다.

절대 배신하지 못하게 하는 안전장치였다.

이 점만 제외한다면 이 내공심법은 효율도 좋고 부작용도 적은 상승의 내공심법이었다.

당연히 이것을 익힌다면 옥황평천공이 녹아든 십전신마강의 주인인 아이란을 절대 배신할 수가 없었다.

아이란이 처음의 생각을 깨고 내공심법을 전수하기로 한 이유가 바로 이것이었다.

이왕 전수하기로 한 것, 내공심법까지 전부 전수한다.

대신, 철저히 목줄을 채워둔다.

이것이 대가다.

＊　　　＊　　　＊

"끄응!"

갑옷을 벗은 발론 자작은 땅바닥에 주저앉은 채 가부좌를 틀려 노력했다. 그러나 생전 처음 해보는 자세가 쉽게 될 리가 없었다.

결국 아이란은 발론 자작의 두 다리를 잡고 비틀었다.

"끄어어어어어억……!"

다리가 찢기는 어마어마한 고통에 비명이 구슬프게 흘러나왔다.

마치 혼이라도 나간 듯한 발론 자작.

아이란이 발론 자작의 다리를 꼬아 가부좌를 틀어도 아무런 반응이 없었다.

"……."

그저 망연자실한 표정일 뿐. 자세히 보니 눈의 초점도 풀렸다.

아이란이 발론 자작의 등에 손을 대고, 약간의 오로라를 불어넣었다.

외부의 기운이 들어오자, 그의 체내에 존재하던 오로라가 침입자를 퇴치하기 위해 나섰다.

꽝!

아주 미약한 양의 오로라가 충돌했으나 그 충격은 발론 자작의 몸이 들썩일 정도.

"커헉!"

당연히 발론 자작 역시 깨어났다.

"깨어났군. 그럼 이제 이 길을 기억하도록. 단, 한 가지 기억해야 할 것은 절대 입을 열어선 안 되네."

발론 자작이 갓 깨어나 정신이 있든 없든 상관없었다. 그는 자신의 할 일만 진행했다.

아이란의 오로라가 발론 자작의 몸에 다시 들어갔다. 발론 자작의 오로라는 침입자를 퇴치하기 위해 또 나섰다.

그러나 이번엔 다르다.

아이란의 오로라는 충돌하는 대신 발론 자작의 오로라를 그의 포스 베슬로 유인했다.

아이란의 오로라를 따라 발론 자작의 오로라가 포스 베슬로 진입했다.

'더럽군.'

발론 자작의 혈관은 곳곳이 막혀 있었다.

아이란은 오로라를 바늘과 같이 만들어 노폐물을 통과했다.

뒤따라오는 발론 자작의 오로라는 노폐물 따윈 그냥 부숴버리며 나아갔다.

'커헉!'

강제로 포스 베슬이 뚫리는 고통에 발론 자작의 입이 꿈틀거렸다. 그러나 절대 입을 열어서는 안 된다는 아이란의 말에 의지로 참고 또 참았다.

쾅!

'커허어어억!'

쾅!

'크어어어어어!'

쾅!

'으어어어어어'

발론 자작은 속으로 낼 수 있는 모든 종류의 비명을 토해냈다.

결국 오로라가 나이트 포스 트레이닝에 사용되는 중요 포스 베슬을 한 바퀴 돌고 나서야, 발론 자작은 비명과 고통에서 벗어날 수 있었다.

고통이 가시고 나자 그는 자신의 몸에서 벌어지고 있는 상황에 집중할 수가 있었다.

'……!'

놀라웠다.

오로라가 포스 베슬을 통해 회전을 하고 있었다. 그 과정에서 포스 베슬을 회전하면 할수록 오로라는 강해졌다.

이것인가.

아이란이 기억하라고 한 것이.

과연, 이런 수라면 좀 전에 보였던 아이란의 힘도 이해가 갔다.

이것에 비한다면 그전까지 발론 자작이 쓰던 방법은 그야말로 우격다짐이나 다름없었다.

그저 포스 탱크에서 무작정 힘을 끌어올려 포스 베슬을 통해 팔로 흘려보내는, 이전까지의 방법은 그저 막무가내였다.

이 순간, 발론 자작은 새로운 세계에 눈을 떴다.

그는 더 이상 이 흐름을 기억하려 애쓸 필요가 없었다.

그저 느껴졌다.

오로라를 어떻게 움직이면 되는 것인지 감도 잡혔다.

'감을 잡았군. 깨달음인가.'

무인은 한 단계 더 높은 경지에 오르기 위해 계단을 오른다.

그러나 가끔, 깨달음이란 것이 찾아온다.

이 깨달음은 돈오(頓悟) 혹은 점오(漸悟)로 나뉘는데, 돈오의 깨달음은 깨우칠 시 단번에 천외천의 경지에 닿을 수 있다.

그렇지만 이 돈오의 깨달음은 그 가치만큼이나 희귀하기 그지없어, 기나긴 무림의 역사에서 단 한 명 무명자(無名子)라 불리는 이만이 닿았다고 전해졌다.

즉, 보통 깨달음이라 불리는 것은 점오였다.

점오는 돈오만큼 한 번에 모든 계단을 오를 순 없지만, 한 번에 두세 걸음씩 오르는 경지.

이 점오조차 일평생 맛보지 못하는 무인도 부기지수였다.

그런 깨달음을 지금 발론 자작이 맛보고 있었다.

지금 이 순간, 발론 자작은 족히 다섯 걸음 이상 올라섰다.

스르르.

발론 자작의 등에서 그가 손을 뗐음에도, 발론 자작의 얼굴은 평온 그 자체였다.

아이란은 발론 자작의 깨달음이 끝날 때까지 호법을 섰다.

＊　　＊　　＊

"커억… 퉤!"

발론 자작이 검게 덩어리진 핏덩어리를 내뱉었다. 핏덩어리의 정체는 그의 몸에 쌓여 있던 노폐물들.

지금 이 순간 발론 자작은 생애 처음 느껴본 충만감으로 온몸이 가득 차 있었다.

가슴은 활기로 넘쳐났으며 온몸엔 힘이 불끈불끈 들어갔다.

지금 심정으론 맨손으로 거대한 바위도 부술 수 있을 것 같았다.

"축하하네, 발론 자작. 그대는 나이트 포스 트레이닝을 성공적으로 익혔어."

아이란은 칭찬에 인색한 편이다. 그것은 전에도 그랬고 진자겸의 기억을 얻은 뒤에도 그랬다.

그것을 알기에 발론 자작의 얼굴이 밝아졌다.

"감사합니다, 백작 각하. 모든 것은 백작 각하의 은혜입니다."

발론 자작은 진심으로 그렇게 생각했다.

그것은 아이란에게도 고스란히 느껴졌다. 그렇기에 아이란은 마음이 조금 불편했다.

나이트 포스 트레이닝은 어디까지나 통제하기 위한 수단.

이제 이것을 익힌 이상 발론 자작은 아이란이 살아 있는 한 영원히 벗어날 수 없다. 아니, 아이란이 죽어도 그의 자식이 십전신마강을 익히면 그에게 영원한 충성을 바쳐야겠지.

과연 그 진실을 알면 발론 자작은 어떠한 반응을 보일까?

지금처럼 감사를 할까?

아니면 증오를 할까?

하긴, 지금 와선 그게 중요한 것이 아니다.

"그럼 이제 준비를 갖췄으니 그것을 쓰는 법을 배워야겠군."

"예! 준비되었습니다!"

"아까 내가 보여주었던 것, 지금부터 그대가 익혀야 할 것의 이름은 블러디 스톰(Bloody storm). 백작가에 전해 내려온, 검술 중 최고를 다투는 검술 중 하나이다."

애초에 십전마신강은 등급 외로 친다. 그것을 생각하면 그리 틀린 말은 아니다.

마존혈해검은 그만큼 강력한 검이었다.

꿀꺽!

발론 자작이 침을 삼켰다. 충만한 자신감이 넘쳤던 그이지만, 조금 전 폭풍을 생각해 보니 과연 자신이 펼칠 수 있을까 걱정이 들었다.

"블러디 스톰은 초식보다는 오로라의 컨트롤이 더 중요한 검술. 나는 그것을 집중하여 가르칠 것이다. 지금 그대가 익히고 있는 검술과 컨트롤을 융합시킨다면 그대만의 블러디 스톰을 만들 수 있을 테지."

"……!"

자신만의 블러디 스톰.

발론 자작에겐 참으로 매력적으로 들리는 단어다.

"최선을 다하겠습니다!"

발론 자작은 뼈가 부서지고 몸이 찢겨져도 열심히 익히리라 다짐했다.

*　　　*　　　*

"끄어어어어어어억!"

오로라의 컨트롤이 중요하다지만 초식 역시 무공에 있어선 중요한 부분. 어느 정도 감을 잡기까지는 정해진 초식을 따르는 것이 좋다.

거기까진 좋았다.

그러나 발론 자작에겐 문제가 있었다.

평소 사용치 않던 근육을 갑작스럽게 사용하자 근육이 꼬였다.

"자작의 의지는 겨우 이 정도인가. 아까까지의 자신감은 어디로 갔는가."

포기하고 싶어도 포기할 수 없다. 그것은 그 자신의 자존심이 걸린 문제기도 하거니와, 아이란의 저 담담한 음성을 실망시킬 수는 없기 때문이다.

자신을 믿어준 주인이다.

그런 이에게 실망을 안겨주느니 자신의 죽음을 택할 이가 바로 발론 자작이었다.

"끄으으으윽!"

발론 자작이 고통을 참으며 검을 연신 휘둘렀다.

쨍강!

한 시간쯤 검을 휘둘렀을 무렵, 결국 발론 자작의 손에서 검이 떨어졌다.

그것은 의지의 문제라기보단 육체가 한계에 달했다는 표현이었다.

"그만. 그만하면 됐다. 내일 계속하도록 하지."

"아, 아닙니다! 아직 거뜬합니다! 얼마든지 더 할……."

발론 자작이 떨어진 검을 주우려고 할 때, 아이란이 그의 뒷목을 쳐 기절시켰다.

"미련한 행동은 화를 부르는 법이다, 발론 자작."

아이란은 발론 자작의 몸을 눕힌 후, 그의 팔을 주물렀다. 주무르는 과정에서 그의 손을 타고 아이란의 오로라가 발론 자작의 몸 곳곳에 퍼져 나갔다.

그에 발론 자작은 한결 편안해진 표정이다.

"못난 부하가 좋은 주인을 만나 호강하는군."

아이란의 말을 들었을까?

발론 자작의 입꼬리가 슬쩍 올라갔다.

CHAPTER

9

    1. 우리 가운데 누구라도 무료 치료 외의 일에 종사해선 안 된다.

    2. 일정하게 정해진 의복을 착용해야 하는 것은 아니므로 체류하는 나라의 풍습에 따라 입는다.

    3. 모두가 매년 C의 날에는 성령의 집에 모여야 한다. 참석하지 못할 경우에는 그 이유를 명기해야 한다.

    4. 각 동지는 죽음을 맞이할 때 뒤를 이을 수 있는 적당한 인물을 찾아야 한다.

    5. C와 R이라는 말은 우리의 도장이며 휘장이며 기호다.

    6. 장미십자회는 백 년간 비밀에 지켜질 것이다.

—장미십자회 규약(Rosenkreuzer regulation)

“아마르 자작이 깨어났습니다.”

야로스 자작성에서 격전을 벌인 지 꽤 시간이 지났다.

이 정도 시간이면 깨어날 때도 되지 않았을까 생각하고 있던 참, 그의 소식이 들려왔다.

“그를 불러오도록. 아니, 내가 직접 가야겠다.”

“예, 따르겠습니다.”

“그럴 필요 없네. 나 혼자 가도록 하지.”

아이란은 집무실을 나와 아마르가 있는 성의 지하로 내려갔다.

끼익!

강철을 덧씌운 문이 열리며 퀴퀴한 냄새가 빠져나왔다. 오랫동안 환기가 되지 않아 나는 냄새, 물이 썩은 냄새 따위가 뒤섞인 온갖 냄새의 잡탕이다.

화악ㅡ!

"안녕하십니까? 백작 각하, 이제부터는 소인이 안내를 하겠습니다."

횃불과 함께 나타난 이.

성의 지하와 감옥을 관리하는 간수장이 정중히 인사했다.

"그대의 수고는 익히 알고 있다."

백작의 치하에 그의 머리가 땅에 닿을 정도로까지 굽혀졌다.

"아마르 자작은 어디에 수감되어 있지?"

"지하 독방입니다. 감옥 중 몇 곳밖에 없는 곳으로 귀족 분들을 위해 지어진 곳이라 시설도 아주 좋습니다."

'물론 그것은 저희들의 기준입니다만.'

간수장은 뒷말을 삼켰다.

질척질척.

돌로 되어 있는 바닥은 질척거렸다. 썩은 물이 신발을 더럽혔다. 냄새뿐 아니라 촉감마저 불쾌했다.

"이런 곳에서 일을 한다면 고역이겠군."

"아, 아닙니다. 백작 각하의 은혜에 보답하는 일이라 생각하면 그 어떤 일이라도 할 수 있습니다."

황송하다는 듯 허리를 굽히는 간수장. 그의 목소리에서도 떨림이 고스란히 느껴졌다.

"고맙네."

"송… 송구합니다!"

아이란에게 칭찬을 받았다!

간수장은 오늘 술자리에서 몇 십 년이고 꺼낼 수 있는 안주를 얻었다.

"이곳입니다."

쇠창살 창문이 달려 있는 강철 문.

쇠창살을 뚫고 빛이 새어 나오고 있었다.

삭막한 지하를 그나마 온기를 느끼게 해줄 수 있는 불빛이다.

"독방은 귀족 분들이 계시는 곳이라 불을 피워두고 있습니다."

창문을 통해서 내부를 들여 보았다.

전체적으로 말끔한 방 안.

귀족의 방처럼 호화스럽진 않지만 부유한 평민의 방 정도는 되었다.

그곳에선 한 남성이 침대에 앉아 쇠창살 창문을 통해 밖을 바라보고 있었다.

"……!"

아이란과 그의 눈이 마주쳤다.

“이거, 손님이 오셨구려.”

그, 뮤톤 백작령의 후계자이자 붉은 뱀 기사단장, 그리고 발레로 영지의 주인.

아마르 뮤톤 발레로가 미소를 지으며 아이란을 반겼다.

“이곳에서 그대를 맞으니 내가 주인이고 그대가 손님인지, 그대가 주인이고 내가 손님인지 모르겠구려. 어쨌든 나를 만나러 오셨다면 들어오시구려.”

아이란은 그의 눈을 똑바로 마주보며 옆의 간수장에게 문을 열 것을 지시했다.

끼리리릭, 철컹!

“다시 인사드리리라, 이곳에 오시는 걸 환영하는 바이오. 그락서스 백작.”

“그 환대 고맙게 받아들이지.”

아이란이 방 안으로 들어섰다.

“그럼 소인은 물러가 보도록 하겠습니다. 나오실 때는 이 열쇠로 열고 나오시면 됩니다. 혹시라도 제가 필요하시면 언제든지 불러주시지요.”

간수장이 문을 닫고 멀어졌다.

“이거, 차라도 한 잔 내드려야 하는데 이곳엔 없구려. 혹시 지금 가지고 계신 차라도 있소?”

있을 리가 없다.

아이란이 고개를 젓자, 그는 이마를 탁 치며 ‘역시, 있을 리가 없군' 이라 중얼거렸다.

"간수장에게 말해 다음 식사 때는 차를 넣어주도록 하지."

"이것 참 고맙구려! 하하! 역시 내 사람 보는 눈은 틀리지 않았다니까!"

"그야 당신은 중요한 이. 어쩌면 평생 이곳에 살아야 할지도 모르는데 그 정도 편의는 제공해 주어야겠지."

"정말 나를 끔찍이 생각해 주시는구려. 그렇다면 후자보다 전자를 좀 바꿔주시구려. 햇빛도 못 보고 지냈더니 갑갑하기도 하고, 집에서 나를 걱정하고 있는 이들도 있고, 다스려야 할 영지도 있으니 내 걱정이 이만저만이 아니오. 그러니 이만 나를 돌려보내 주시는 건 어떻겠소?"

"불가. 그 이유는 당신이 잘 알겠지."

"아버님께는 내가 잘 말해보도록 하겠소, 하하!"

'말이 많군, 이런 타입이었나.'

야로스 자작성에서도 주절주절하긴 했지만, 이 사람 이제 확실히 알겠다.

아마르 뮤톤 발레로라는 이 인간은, 확실히 말이 많았다.

"그럼 내가 어떻게 해야 나를 돌려보내 주겠소?"

"그것은 당신의 아버지, 말라카 뮤톤 백작에게 달렸지."

"이런. 우리 아버지라면 자신에게 해가 된다면 가차 없이 자식도 버리실 위인이시건만. 나는 버려지겠구려. 아아, 내 영지는, 후계자 자리는 내 아들에게 가려나."

신세 한탄을 늘어놓으며 동정심을 유발한다. 불쌍한 척을
하고 있지만 아이란을 바라보는 그 눈빛만은 날카롭기 그지
없었다.

"장난은 그만하지."

"장난이라니! 이것이 어떻게 장난이오! 이것은 내 일생이
걸린 아주 중대한……."

"날개."

주절주절거리던 아마르의 입이 한순간에 다물어졌다.

"깃털."

"……."

아마르가 아이란을 노려보았다.

"그것에 관해서는 아무것도 할 말이 없소. 가르쳐 드릴 것
은 더더욱 없지."

"이미 두 개 가르쳐 주지 않았나."

"그것은 내 실수요. 그대의 힘이 우리와 비슷하기에 실수
를 한 것이지."

우리?

그것은 확실히 아마르 외 다른 구성원이 존재한다는 뜻.

어떠한 조직이라는 이야기였다.

또, 아이란의 힘이 우리와 비슷하다는 것은 그들도 아이란
과 비슷한 힘을 사용한다는 것이다.

아이란의 힘이란 두말할 것도 없이 무공.

그러고 보니 아마르와 싸울 때 그의 힘이 묘하게 익숙했었
다.

'무공이었군.'

이제 확신할 수 있다.

그것은 무공, 정말로 무공이었다.

오히려 무공이었기에, 이 대륙엔 존재하지 않는다고 생각
했기에 바로 알아챌 수 없었다.

그렇다면 어떻게 이 대륙에도 무공이 존재하는 것일까?

그것은 어떻게 존재할 수 있었을까?

이 세계에서 독자적으로 탄생한 무공일까?

혹은…….

'나와 같이 기억을 얻은 자가 있거나.'

아이란은 진자겸의 기억을 얻었다. 그것은 두말할 나위 없
는 사실이다.

그렇다는 것은 다른 이들도 기억을 얻을 수 있다는 것이다.

한 번 있었다고 두 번은 없을까?

이 세계는 희귀하면서도 희귀하지 않았다. 또한 절대라는
말은 없었다.

아이란이 아마르의 앞에 오른손을 펼쳤다.

화악!

그의 손에서 순수한 오로라의 덩어리가 발현되었다.

"정말… 놀랍군……. 진짜였어. 어떻게 날개도, 깃털도 아

닌 자가 스피릿츄얼 오리진(Spiritual origin)을 알고, 아니, 익히고 있지?"

아마르는 아이란이 무공을 사용하는 것에 놀라 저도 모르게 내뱉었다.

뒤늦게 입을 다물었지만 아이란은 이미 들었다.

스피릿츄얼 오리진이라. 아마 무공을 뜻하리라.

"이곳에서 나가고 싶나?"

"나가고 싶지 않다면 거짓이겠지. 그러나 비밀을 팔아 나가고 싶은 마음은 없소. 그리고 내가 말한다고 하더라도 그대가 진정 나를 이곳에서 내보내 준다는 것도 못 믿겠고."

이럴 때 필요한 무공이 있었던 것으로 기억한다. 상대의 이지를 제압해 강제로 입을 여는 무공.

그러나 머릿속이 뿌옇게 물들어 생각나지 않았다.

그렇다면 그가 스스로 말을 하도록 구슬리는 수밖에 없었다.

"날개와 깃털이 무엇인지는 대충 알겠다. 아마 날개는 상급자 혹은 상위 조직을 뜻할 것이고 깃털은 그에 소속되어 있는 인원을 말하겠지."

"……."

"그대가 스피릿츄얼 오리진이라 말했던 것은 그 조직에 속한 이들만이 사용할 수 있는 힘일 것이고."

"……."

"모든 것을 말하라고 하지 않겠다. 당신이 소속되어 있는 단체의 이름과, 당신의 직위, 당신의 상급자, 당신이 익히고 있는 스피릿츄얼 오리진의 이름 정도만 말하면 풀어주도록 하지."

"아예 모두 털어놓으라고 하시지 그러오?"

"이것은 본인이 주는 마지막 기회다. 이 기회를 차버린다면 다음 협상은 없다."

"……."

"선택하라. 이곳을 나갈 것인가, 평생토록 비밀을 지키며 이곳에서 살 것인가."

아마르는 말이 없었다.

아이란은 자리에서 일어나, 문으로 다가갔다.

그가 열쇠로 문을 열려는 순간.

"신의 날개(Devine wings)."

자포자기한 음성.

뒤돌아보니, 아마르는 허탈한 표정으로 말을 이었다.

"사실 나도 아직 이 조직에 대해 모르오. 일원이긴 하지만 나는 견습이나 마찬가지의 신분. 그렇기에 많은 것을 알지 못한다오."

"아는 것만 말해보도록."

"신의 날개가 바로 내가 속해 있는 곳이오. 당신의 추측대로 날개는 내 상급자이자 상위 조직의 이름이 맞소. 그리고 깃털은 날개에 소속된 이들. 나의 직위는 광기의 날개(Madness Wing) 산하 깃털이지."

광기의 날개?

각각의 날개를 부르는 명칭인가?

광기라니, 불길한 이름이다.

아이란의 심문은 계속 되었다.

"날개의 숫자와 그들의 구성 인원은?"

"여덟."

"한 날개에 몇 명의 깃털이 존재하지?"

"열."

여덟 날개에 열 개의 깃털씩.

즉 아마르와 같은 이가 팔십은 존재한다는 것이다.

"너를 담당하는 날개, 광기의 날개라고 했나? 그는 누구지?"

"모르오. 나는 그를 단 한 번도 본 적이 없소. 그가 남자인지 여자인지, 이 나라의 사람인지 다른 나라의 사람인지, 아무것도 모르오. 그것은 다른 깃털들도 마찬가지."

철저한 점조직인가.

아니면 스스로 견습이라고 밝힌 만큼 아마르에게 정보를 공개하지 않은 것일 것이다.

처음 만났을 때도 그는 자신에게 날개 혹은 깃털인지 물었었다.

조직에 대해서는 더 알아낼 것이 없어 보였다.

"무공에 대해 아는가?"

"무공? 그것은 무엇이요?"

중원의 단어로 무공을 묻자 그는 알아듣지 못했다.

아이란은 다음 질문으로 넘어갔다.

"당신이 익히고 있는 스피릿츄얼 오리진의 이름은 무엇이지?"

"실버문(Silver Moon)."

"실버문… 은월(銀月)인가."

무림엔 달의 이름을 가진 무공이 많다.

이상하게도 무림의 기억이 뿌옇게 흐려져 잘 기억나지 않는다.

그렇지만 분명 은월이란 이름을 가진 무공 역시 존재할 것이다.

그런데 그것만으로 무림의 무공이, 무림의 기억을 가진 이가 이 세계에 존재한다는 증거가 될까?

'모르겠군.'

모르겠다. 정보가 부족하다.

"그럼 고마웠다. 또 오도록 하지."

알아낼 것은 모두 알아낸 아이란이 미련 없이 몸을 돌렸다.

"백, 백작! 이것은 말이 틀리지 않소! 나를 내보내 주기로 약속 했잖소!"

뚜벅뚜벅.

아이란은 걸음을 멈추지 않으며 말했다.

"물론, 약속은 지킬 것이네. 나는 거짓을 말하지 않아. 분명 그대는 나갈 수 있을 것이야. 하지만 내가 언제 내보내 준다고 명시를 했던가?"

"뿌드득!"

아마르 자작이 분하다는 듯 이를 갈았다.

"언젠가 분명히 내보내 주도록 하지. 그럼 잘 있게. 차는 간수장에게 이야기해 놓도록 하지. 특별히 좋은 차로 들여보낼 테니, 좋은 티타임을 즐기도록."

끼리리릭!

쿵!

"백자아아아아아아악!!"

아마르의 분노의 외침이 지하를 울렸다.

CHAPTER
10

무릇 패왕의 시발점은 백성이 근본이다.

근본인 백성을 잘 다스리면 나라가 굳게 되고, 근본이 흩어지면 나라가 위태롭게 된다.

—관중(管仲)

거대한 성벽으로 둘러싸인 도시. 이제 막 닭이 운 새벽이지
만 도시 안으로 들어가기 위한 사람들이 성문 앞에 줄을 서
있었다.

그 사람 중에는 수레를 끌고 온 상인도 있었고, 작물을 팔
기 위해 찾아온 근처의 농민도 있었다.

그리고 그들 중에는 특별한 목적이 있어 이 도시를 방문하
는 사람들도 있었다.

이곳의 이름은 하나딜.

그락서스 백작성에서 도보로 다섯 시간 정도 떨어져 있는
백작령에서 제일 큰 도시이자, 백작령의 영도(領都)였다.

또한 북부에서 제일 큰 도시 중 하나이기도 했다.

아이란의 그락서스 백작성이 얼핏 보면 영지의 수도 같아 보이지만 백작령의 수도는 공식적으로 이곳 하나딜이었다.

야로스 시와 야로스 성과 같이 도시와 영주성이 함께 자리 잡고 있지 않은 이유.

그것은 통치의 효율성과 방어의 용이성, 그리고 영지민의 보호를 들 수 있었다.

통치의 효율성은 백작성의 위치에 기여한다.

드넓은 백작성을 다스리기 위해 그락서스 백작성은 백작령의 정중앙에 위치했다.

하다닐 역시 중앙과 가까운 편이긴 하지만 꽤 거리가 떨어져 있었다.

방어의 용이성은 바로 입지 조건이다.

일반적으로 도시란 강을 끼고 있는 평지 지형에서 발달한다.

그래야 농업 활동이 편리하거니와 건축 등의 이유로 도시가 발전하기 좋기 때문이다.

그러나 백작성은 다르다. 적들이 공격해 들어온다면 요새의 역할을 해야 하는 곳이다.

방어하기 좋은 언덕 위에 위치한 것은 당연했다.

전쟁에서 높이의 이점은 두말할 필요 없다. 같이 화살을 쏘아도 높은 곳에서 쏘는 것이 더 멀리 나가고 위력이 좋았다.

또 도시처럼 넓은 곳은 방어를 해야 할 곳도 많았다.

영지민의 보호 역시 이와 같다.

일반적으로 나라 간의 전쟁이 아닌 이상 백성의 피해는 적은 편이다.

전쟁을 하더라도 피해가 주로 발생하는 곳은 병사들 쪽. 백성의 피해는 병사에 비하면 극히 적었다.

만일 도시 안에 성이 존재해 적이 공성을 걸어온다면 백성들에게 피해가 크게 갈 것이다.

지배자들의 입장에서 영지민들은 재산이었다.

그들은 세금을 바치고 부역을 하는 존재이기에 꼭 필요했다. 승리의 전리품이기도 하거니와, 패자가 재기하기 위해 꼭 필요한 수단이었다.

"이제 저희의 차례입니다."

거친 천으로 짠 옷에 추레한 모자를 썼으며 등에는 봇짐을 짊어진 중년인이 옆의 사람에게 말했다.

그의 옆에선 비슷한 복장의 젊은이는 묵묵히 고개를 끄덕이며 성문 틈으로 보이는 도시 안을 바라보았다.

아직 점심도 되지 않았건만 활기차게 사람들이 활기차게 움직이는 것이 그의 눈동자에 담겼다.

이들의 이름은 아이란 그락서스와 발론 자작으로 특별한 목적을 가지고 방문한 이들 중 하나이다.

"다음!"

그들의 앞 사람이 성문 안으로 들어가고 그들의 차례가 되었다.

"이름이 무엇이고 어디에서 왔지?"

경비병이 근엄한 목소리로 물어왔다.

그는 이들이 그의 까마득히 높은 상관이라고는 전혀 생각하지 못한 것 같았다.

어찌 보면 당연한 일이다.

사람이 사람을 알아보는 것에는 외모도 중요하지만 그 사람의 분위기 역시 큰 요소를 차지했다.

번쩍이는 갑옷과 화려한 옷을 입는 귀족들이 과연 이런 옷을 입고 도시를 출입하기 위해 줄을 설 것이라곤 상상이나 할 수 있겠는가?

그의 입장에서 아이란과 발론 자작은 널리고 널린 촌민일 뿐이었다.

만일 피부라도 깨끗했으면 무언가 의심이라도 했을지 모른다. 그러나 둘의 얼굴과 몸은 흙이 잔뜩 발라져 있었다.

"제 이름은 발만이고 이쪽은 제 아들 로이입니다. 핸리 마을에서 왔습니다."

핸리 마을은 하나딜에서 반나절 정도 떨어진 조그마한 마을이었다.

"집에서 가져온 몇 가지 물건을 팔러 왔습니다."

발론 자작이 등에 진 봇짐을 경비병에게 보여주었다.

그곳에서는 농민이 흔히 생산할 수 있는 물품 몇 가지가 들어 있었다.

"통행증은 가지고 있겠지?"

통행증이란 영지민이 도시에 출입하기 위해 필요한 증서
인데, 각 마을의 촌장이 책임지고 발급했다.

아이란과 발론은 당연히 그것을 준비해 두었다.

"예."

발론 자작이 품에서 접혀진 종이 한 장을 건네주었다.

—헨리 마을 촌장 미하일이 발만와 로이, 두 사람의 신원을 보
증함.

"흠!"

경비병이 수상한 점이 있나 꼼꼼히 살펴보았지만 문제 될
점은 없었다.

그것은 진짜 헨리 마을의 촌장 미하일이 작성한 것이니까.

"좋아. 통과!"

두 사람은 그렇게 거대한 성문을 지나 하나딜에 들어섰다.

*　　　*　　　*

"내전이 벌어졌어도 이곳의 분위기는 활기차군요."

발론 자작의 말에 아이란은 고개를 끄덕였다.

백작령을 놓고 벌어진 거대한 싸움이 끝난 지 채 일주일
도 되지 않았다.

그렇지만 이곳 하나딜은 활기찼다.

그것은 이곳 하나딜이 아이란을 지지한다는 뜻이었다.

만일 야로스 자작과 크란을 지지했다면 이렇게 활기찰 수
있을까? 그들이 지지하는 자가 패해 오히려 초상집의 분위기
일 것이다.

"어디부터 가실 생각이십니까?"

"우선 한 바퀴 둘러보지."

"알겠습니다. 저를 따라오시죠. 아시겠지만 제가 이곳 토
박입니다."

발론 자작이 성큼성큼 앞장섰다.

그에게 이곳 하나딜은 집이나 마찬가지였다. 발론 자작의
가문인 스완 가문이 바로 하나딜에 위치했기 때문이다.

지금도 그의 저택이 하나딜의 귀족 지구에 위치했다.

대대로 가주가 백작가의 기사단장직을 맡은 스완 가문은
자작의 작위를 하사받았지만 영지가 없었다.

그것은 바로 세습이 아닌 단승귀족이기 때문.

만일 발론 자작의 후계자가 기사단장직을 잇지 못한다면
자작의 작위는 발론 자작으로서 끝이었다.

그것을 알기에 발론 자작의 아들은 지금도 기사단에서 열
심히 굴려지고 있었다.

발론 자작이 처음으로 안내한 곳은 시장이었다.

시장은 도시에서 가장 활기찬 곳이자 모든 것이 모이는 곳이기도 했다.

그렇기에 시장에 가면 도시의 대부분을 알 수 있었다.

"자! 쌉니다! 싸요! 무척 쌉니다! 바다를 건너고 산을 건너온 물건들이 정말 쌉니다! 없는 것이 없으니 한번 구경이라도 하시고 가세요! 토미의 잡화점입니다!"

"저희 집은 더 쌉니다! 저기 토미의 잡화점보다 무조건 1페니라도 싸게 드립니다! 제리의 잡화점! 어서들 오세요!"

"뭐야! 이 자식이! 오늘도 해보자는 거냐!"

길을 가던 행인들을 두고 호객 행위가 한창이었다.

물론 일부 과열된 양상이 나타나긴 했지만 그것은 웃어넘길 수 있는 수준으로 심각한 것은 아니었다.

"지금부터 무조건 저희는 제리의 가게보다 2페니 쌉니다!"

"저희 가게는 토미의 가게보다 3페니 싸게 드리겠습니다!"

와하하하하!

"좋다! 더 싸워라! 한번 제대로 싸게 사보자!"

"토미, 지지마!"

"제리! 네가 이기면 외로우신 우리 할머니를 네게 소개시켜 줄께!"

"무조건 톰보다 쌉… 방금 누구야 그 자식!"

지나가던 행인들이 그 광경을 지켜보며 박장대소하며 그

들을 응원(?)했다.

"보기 좋군."

"그렇습니다. 쪼그만 녀석들이었는데 벌써 저렇게 컸군
요."

"아는 사이인가?"

"예. 어렸을 적 같이 놀던 친구 사이였습니다."

단승 귀족의 가족은 준귀족으로 처우하여 준다지만 법적
으론 평민이었다. 발론 자작이 저들과 친구 사이였다는 것은
그리 놀랄 일이 아니다.

"그럼 저들이 자네를 알아볼 수도 있겠군."

"아마 모를 겁니다만 확신하진 못하겠습니다."

"그럼 저들을 피해가지."

슬쩍.

제리와 톰, 모여드는 행인을 피해 그들은 한 식당 안으로
들어갔다.

그곳은 외부에서 하나딜을 찾아오는 농민 등이 주로 이용
하는 곳으로 여관도 겸했다.

—레오니의 식당(Wirtshaus Leonie).

흔히 쓰는 단어가 아니었다.

"레오니의 식당. 엘브니움 쪽의 방언입니다. 레오니는 엘

브니움에서 유행하는 여자의 이름이죠.”

아이란이 의외라는 듯 발론 자작을 바라보았다.

“어렸을 적 좋아하던 소녀가 있었는데 그녀가 엘브니움 쪽으로 떠나 버려 공부를 한 적이 있습니다.”

그가 쑥스럽게 머리를 쓰다듬었다.

찌르르!

문을 열자, 문 종(Doorbell)이 요란스럽게 울렸다.

“어서 오십쇼!”

가게의 주인인 것 같은 중년의 남자가 그들을 맞았다. 후덕하여 마음씨가 좋게 생긴 남자였다.

“가게의 주인이 레오니인 줄 알았는데 아니군요. 이 사람의 아내나 딸 정도 되나 봅니다.”

살짝 실망했다는 듯, 발론 자작이 소근거렸다.

“얘야! 손님 받아라!”

“예, 아빠—!”

“저 아이가 안내를 해드릴 겁니다. 저는 할 일이 있어서 이만.”

쟁반을 들고 홀을 이곳저곳 누비던 소녀가 둘을 맞았다. 아무래도 저 소녀가 레오니일 듯싶다.

“두 분이시죠? 다른 일행은 더 없으시구요?”

“우리 둘이 전부요.”

“식사하실 거죠? 혹시 방도 필요하신가요?”

“식사만 할 것이니 방은 필요 없소.”

“네! 자리로 안내해 드리겠습니다.”

“조용한 자리로 부탁드리오.”

“걱정하지 마세요! 마침 좋은 자리가 비었거든요!”

소녀가 안내한 곳은 구석에 위치한 자리였다.

그곳은 구석이라 그런지 북적거리는 다른 곳과 달리 비교
적 조용했다.

둘이 자리에 앉자 그녀는 싱긋 웃으며 물었다.

“주문은 어떤 것으로 하실 건가요?”

발론 자작이 아이란을 바라봤다.

“이곳에서 제일 잘하는 것으로. 마실 것은 필요 없소.”

아이란의 주문에 발론 자작 역시 똑같은 것을 주문했다.

“두 분 다 정말 마실 것을 주문하시지 않을 건가요?”

“주문을 해야 하는 이유라도 있소?”

그 물음을 기다렸다는 듯, 그녀가 당당히 가슴을 펴며 자부
심 어린 목소리로 말했다.

“그야 당연하죠! 저희 집의 맥주는 끝내주거든요! 지금 계
신 손님도 전부 그 맥주를 맛보기 위해 오신 것이라구요!”

“맥주?”

보리와 홉, 물을 이용해서 만든 술이자 음료였다.

발론 자작이라면 모를까, 아이란은 마셔본 적이 없는 술이
었다.

"글쎄, 우린 딱히 필요 없을……."

"두 잔 주게."

발론 자작이 거절하려는 것을 아이란이 잘랐다.

"예, 금방 대령하겠습니다!"

소녀가 싱글벙글하며 물러갔다.

"각하, 암행을 위해 오신 것 아니었습니까? 그런데 술은……."

목소리를 낮추며 아이란에게 말하는 발론 자작의 목소리엔 당황스런 기색이 역력했다.

"많이 마시는 것도 아니고 한 잔 정도야 괜찮지 않겠는가."

아이란의 뻔뻔함에 발론 자작이 졌다는 듯 눈을 감았다.

그것은 주인을 이길 수 없는 기사의 숙명.

결국 포기한 발론 자작은 식당 안 풍경으로 눈을 돌렸다.

"와하하하! 역시 이곳 맥주는 최고라니까!"

"옳소!"

과연, 소녀의 말이 틀린 것은 아닌지, 가게 안 이곳저곳에서 맥주 맛을 칭찬하는 소리가 연신이다.

부정적이었던 발론 자작의 마음속에서 기대감이 무럭무럭 자라났다.

"오래 기다리셨습니다!"

쾅!

소녀가 뼈가 붙어 있는 고기 요리와 구운 소시지가 가득 담겨 있는 접시 두 개와 아이의 머리통만 한 큰 잔 두 개를 내왔다.

"저희 집의 자랑인 엘브니움식 바비큐와 소시지, 그리고 특제 흑맥주! 레오니 슈바르츠비어(Leonie Schwarzbier)입니다! 맛있게 드세요!"

소녀가 꾸벅, 인사를 하고 바쁘게 사라졌다.

쿵!

건배를 한 후 두 사람은 한 모금씩 맥주로 목을 축였다.

"오!"

발론 자작은 감탄을 토해냈으며.

"괜찮군."

이것은 아이란의 반응.

그 정도로 이 맥주는 굉장했다.

"이렇게 맛있는 맥주는 처음입니다!"

감탄을 토해내며 발론 자작은 맥주를 꿀꺽꿀꺽 삼켰다.

"이 요리도 괜찮군. 살짝 짜긴 하지만 맥주와 궁합이 아주 잘 맞아."

"정말 그렇습니다! 하하, 이것 참. 이 맥주 때문에라도 이곳의 단골이 되어야겠는데요?"

"나쁘지 않을 것 같군."

"백작님도 그렇습니까?"

아이란은 고개를 끄덕였다.

"이곳은 세금 대신 맥주를 바치라 해도 될 것 같아."

그만큼 맛있는 맥주였다.

둘은 즐겁게 식사를 마친 후 식당을 빠져나왔다. 살짝 취기
가 오르긴 했지만 암행을 하는 것에는 문제가 없었다.

"이젠 어디로 가시겠습니까?"

"주거 지구로 가도록 하지."

"예!"

발론 자작이 성큼성큼 앞장섰다.

꺄르르르!

제임스! 거기 서어!

잡히면 가만 안 둔다아아!

과연.

주거 지구에 들어서자 아이들의 떠드는 소리가 그들을 반
겼다.

"좋군."

저 아이들이 커서 장차 이 그락서스를 지탱할 것이다.

병사가 되어 창을 들 이도 있을 것이고, 기사가 되어 아이
란에게 봉사를 하는 이도 있을 것이다. 의사가 되어 병든 자
를 치료해 줄 수 있는 인재가 나올 수도 있고 상인이 되어 그
락서스의 재정에 보탬이 될 이도 분명 나올 것이다.

또, 제일 중요한 농부가 되는 이들도 있겠지.

통, 통, 통!

툭!

시커먼 무언가가 통통 튀며 아이란의 발치에 떨어졌다.

“혀어엉! 공 좀 던져주세요!”

“혀엉! 빨리요!”

아이들이 밝은 얼굴로 손을 흔든다.

발밑을 내려다보니 흙이 묻은 약간 괴상한 모양의 공이 있었다.

“돼지의 오줌보로군요. 저도 어렸을 적 가지고 놀았습니다.”

옆에서 발론 자작이 공의 정체를 가르쳐 주었다.

아이란이 빤히 그 공을 바라보았다.

“마음에 안 드시는 점이라도 있으십니까? 그렇다면 제가…….”

“아니.”

아이란이 공을 뻥 차자, 탄력 있게 튕기며 아이들을 향해 날아갔다.

“고맙습니다아아!”

“고마워요, 형!”

다시 공을 차는 저들을 보니 절로 미소가 지어진다.

그리고 그 순간 번뜩이는 깨달음이 아이란을 찾아왔다.

저들이다!

아이란은 깨달았다. 저들이 바로 아이란의 힘이라는 것을!

저들이야말로 모든 권력, 힘의 중심에 선 이들이다!

저들과 함께하는 자가 힘을 얻는다!

아이란은 오늘 이곳 하나딜에서, 왕도(王道)를 보았다.

이 왕도는 앞으로 아이란이 나아가야 할 길을 제시할 나침판이 되어줄 것이며, 그의 목표가 될 것이다.

한순간 무예를 증가시켜 주는 등의 깨달음은 아니다. 그것과는 다른, 삶에 대한 작은 깨달음. 아이란이 추구해야 할 삶의 방향에 대한 깨달음이었다.

"백작님?"

아이란이 갑작스럽게 멈춰 서자 발론 자작이 의아해하며 돌아보았다.

그의 눈에 눈을 감고 깨달음을 음미하고 있는 아이란이 보였다.

본능적으로 발론 자작은 아이란에게 중요한 순간이 찾아왔음을 알았다.

그는 아이란의 호법을 서며 주변을 경계했다.

잠시 후, 그리 길지 않은 시간 동안 깨달음을 정리한 아이란이 눈을 떴다.

"고맙네, 발론 자작. 그럼 이제 다른 곳도 돌아보도록 하지."

"예."

타타타타타타탁!

그때 그들을 향해 한 기의 기마가 달려들었다.

"위험합니다!"

발론 자작이 그의 앞을 막아섰다.

어디에 숨겨뒀는지도 모를 검을 꺼내 기마의 앞을 막아섰다.

기마는 멈출 생각이 없어 보였다.

발론 자작이 독하게 마음먹고 검으로 기마를 베려는 그때!

히이이이이잉!

기적적으로 기마가 멈춰 섰다.

"죄, 죄송합니다! 백작 각하!"

말에서 내린 이가 황급히 무릎을 꿇었다.

발론 자작의 눈이 가늘어졌다. 암행 중인 아이란을 단번에 발견하다니, 그의 정체가 의문스러웠다.

"고개를 들도록."

아이란의 말에 그가 고개를 들자 발론 자작이 깜짝 놀랐다.

"엇! 자네는 막스가 아닌가!"

막스.

검은 매 기사단의 단원 중 비교적 젊은 축에 속하는 이로 신입 딱지를 갓 뗀 지 얼마 되지 않는 단원이었다.

"예! 그렇습니다, 단장님!"

"그건 그렇고, 무슨 일인지?"

"예! 백작 각하와 단장님께 전해 드릴 소식을 가지고 왔습니다!"

“소식?”

무슨 소식이기에 이렇게 다급히 찾아온 것일까.

그 의문은 막스가 내놓은 말 한마디에 전부 날아가 버렸다.

“뮤톤 백작령의 말라카 뮤톤 백작의 사신이 찾아왔습니다!”

『그락서스의 군주』 2권에 계속…

이제부터 전자책은

이젠북

www.ezenbook.co.kr

❧ 새로운 세계가 열린다! ❧

한백림 『천잠비룡포』　　천중화 『그레이트 원』
좌백 『천마군림』　　송진용 『몽검마도』
현대백수 『간웅』　　김석진 『더블』
김정률 『아나크레온』　　백연 『생사결-영정호우』
임준후 『켈베로스』　　예가음 『신병이기』
진산 『화분, 용의 나라』　　남운 『개방학사』

이름만 들어도 황홀할 정도의 별들의 향연!

이들의 "유료연재"가 시작됩니다!

검색창에 **이젠북** 을 쳐보세요! ▼ 🔍 

FUSION FANTASTIC STORY

죽은 자들의 왕

페리도스 퓨전 판타지 소설

**공전절후! 쾌감작렬!
청어람이 선보이는 판타지의 신기원!**

『죽은 자들의 왕』

대륙 최고의 어쌔신 길드, 블랙 클라우드.
어느 날 내려진 섬멸 명령으로 인하여 하루아침에 멸망했다.

그러나……

"오랜만이다, 동생아."

어릴 적 헤어진 동생을 찾아 국경을 넘은 그레이너.
그러나 동생은 죽음의 위기를 겪고,
이제 동생의 모습으로 새로 태어난 그레이너가
모든 음모를 파헤치며 나아간다.

**사라졌다 여겨진 전설이 끝나지 않고,
이제 대륙을 뒤흔드는 폭풍이 되리라!**

Book Publishing CHUNGEORAM

유령이 아닌 자유추구 -
WWW.chungeoram.com

허담 新武俠 판타지 소설
FANTASTIC ORIENTAL HEROES

수선경
水仙經

작은 샘이 바다로 모여들 듯,
만류의 법이 하나로 회귀하듯,
다섯 개의 동경이 드디어 하나로 모인다.

검을 만드는 사람과
검을 쓰는 사람,
그리고 검을 버리는 사람의 이야기!

천명을 타고 태어난 **청풍**과 **강검산**
그리고 혈로를 걸어온 살수 **타유**,
그들이 다섯 줄기의 피의 숙명과 마주한다.

Book Publishing CHUNGEORAM

유행이 아닌 자유추구 -
WWW.chungeoram.com

무림공적, 천살마군 염세악!
검신 한호에게 잡혀 화산에 갇힌 지 백 년.

와신상담… 절치부심… 복수무한…

세월은 이 모든 것을 잊게 하고
세상마저 그를 잊게 만들었다.
하지만.

"허면 어르신 함자가 어찌 되시는지……."
우연한 만남, 자신도 모르게 튀어나온 원수의 이름.
"그게… 한, 한호일세."

허무함의 끝에서 예기치 않게 꼬인 행로.
화산파 안[in]의 절세마인, 염세악의 선택!

Book Publishing CHUNGEORAM

유행이 아닌 자유추구
www.chungeoram.com

FUSION FANTASTIC STORY

「총수의 귀환」 템블러 작가의 신작!

무릇 세상의 모든 것에는
그것의 본질을 똑같이 닮은 무언가가 존재한다.

가난한 스물여섯 청년 화수
루야나드 대륙 칼리어스의 영주 아론으로 깨어나다!

『몽환의 군주』

지구와 루야나드 대륙을 오가며
차원의 평행선을 넘나드는 그의 독보적인 이중생활이 시작된다!

유행이 아닌 자유추구 -
WWW.chungeoram.com
Book Publishing CHUNGEORAM

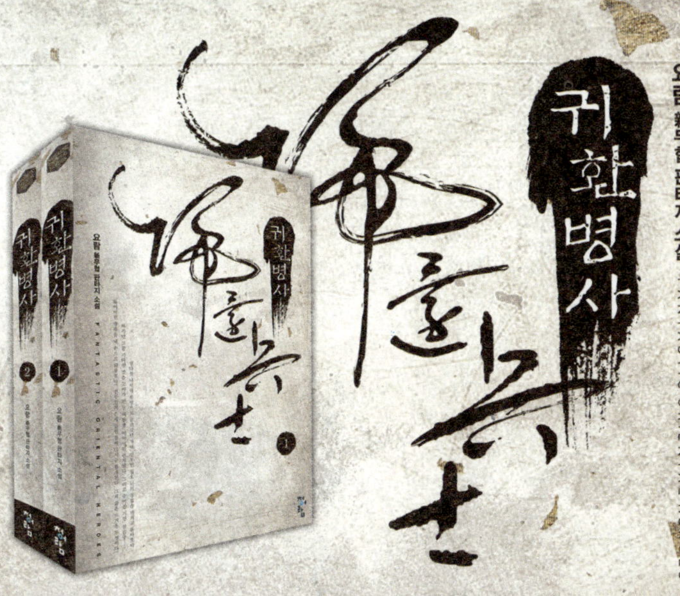

요람 新무협 판타지 소설 FANTASTIC ORIENTAL HEROES

귀환병사

국내 최대 장르문학 사이트를 휩쓴 화제작!
여름의 더위를 깨뜨리며 차가운 북방에서 그가 온다.

『귀환병사』

열다섯 나이에 북방으로 끌려갔던 사내, 진무린
십오 년의 징집을 마치고 돌아오다.

하지만 그를 기다린 것은 고아가 된 두 여동생, 어머니의 편지였다.
그리고 주어진 기연, 삼륜공……

"잃어버린 행복을 내 손으로 되찾겠다!"

진무린의 손에 들린 창이 다시금 활개친다.
그의 삶은 뜨거운 투쟁이다!

Book Publishing CHUNGEORAM

유병이 아닌 자유추구 –
WWW.chungeoram.com

아르벤드
연대기
Chronicles
of
Arebend

몽연 판타지 장편 소설

FANTASY FRONTIER SPIRIT

아르벤드 대륙의 진정한 역사가 시작된다!

『아르벤드 연대기』

골육상잔을 피하려 황궁을 떠난 비운의 황자 탄트라.
그러나 그를 기다린 건 어쌔신의 습격과 마수가 가득한 숲.

모든 것이 무너져 버린 그에게 악마가 찾아온다.

고향으로 돌아가길 바라는 악마, 아크아돈.
자유를 꿈꾸는 황자, 탄트라.

두 영혼이 하나가 되어 새로이 눈을 뜬다.

탄트라의 행보를 주목하라!

www.chungeoram.com

FUSION FANTASTIC STORY
HUNTER MOON
헌터 문
이훈 장편소설

보름달이 떠오르면 밤의 사냥이 시작된다.
헌터문(Hunter-Moon), 사냥꾼의 달.

귀계의 밤이 열리며 저물지 않는 날이 떠올랐다.
실체 없는 힘을 좇아 명맥을 이어온 퇴마사들.

이제 그들로 인해 세상이 뒤바뀐다.
[미녀들과 귀신 탐험대]의 사이비 퇴마사 예용종과
그의 가족들이 펼치는 좌충우돌 퇴마기.

"퇴마사는 얼어 죽을! 그거 다 쇼야!"
"저기 하늘에 구멍이 뚫렸는데요?"
"으잉?"

Book Publishing CHUNGEORAM
www.chungeoram.com

허담 新武俠 판타지 소설

FANTASTIC ORIENTAL HEROES

수선경

水仙經

작은 샘이 바다로 모여들 듯,
만류의 법이 하나로 회귀하듯,
다섯 개의 동경이 드디어 하나로 모인다.

검을 만드는 사람과
검을 쓰는 사람,
그리고 검을 버리는 사람의 이야기!

천명을 타고 태어난 청풍과 강검산
그리고 혈로를 걸어온 살수 타유,
그들이 다섯 줄기의 피의 숙명과 마주한다.

Book Publishing CHUNGEORAM

유행이 아닌 자유추구 -
WWW.chungeoram.com